USA TODAY BESTSELLING AUTHOR

Dale Mayer

Le Vœu de Mason, Légion d'honneur, tome 9
Beverly Dale Mayer
Valley Publishing Ltd.

Copyright © 2016

Traduit de l'anglais par Maya Douadi et Valentin Translation

ISBN-13 : 978-1-778861-20-8
Format Print

Le Vœu de Mason

Mason adore son quotidien avec Tesla, mais leur vie commune n'est que la partie émergée de l'iceberg qu'il a envie d'escalader avec cette femme pour qui il serait prêt à mourir. Il veut absolument tout avec elle, maintenant et éternellement.

Mais l'éternité arrive bien trop vite quand la demande en mariage de Mason à Noël est reportée à cause de l'agression subie par Tesla à leur domicile. Un ennemi qui ose s'en prendre à l'amoureuse de Mason est un ennemi qui va passer un très mauvais réveillon… et pire encore.

CHAPITRE 1

MASON CALLISTER ENROULA sa serviette imbibée de sueur autour de son cou et se dirigea vers les douches. Deux jours après son retour d'outre-mer, il était plus que prêt à en finir avec tout ça et à rejoindre Tesla chez eux. Avec tous les problèmes qui avaient retardé son départ, il avait eu peur de ne pas pouvoir rentrer à temps pour Noël. Tesla avait également rencontré un énorme imprévu avec son travail et n'avait pas pu commencer l'organisation des fêtes de fin d'année de son côté non plus. Maintenant, il ne leur restait plus que quelques jours pour tout préparer et ils avaient beaucoup à faire.

— Alors, tu lui as fait ta demande en mariage ? lui lança Swede en passant devant lui pour aller à son casier.

Mason lui lança le même regard qu'il avait adressé à Hawk et Dane il y a à peine cinq minutes. Il n'aurait pas dû en parler à ses amis. Mais après avoir finalement choisi et acheté la bague qu'il comptait lui offrir, il n'avait pas pu s'empêcher de la leur montrer. Ils étaient là quand, plusieurs mois auparavant, il avait rencontré Tesla. En fait, il ne pouvait s'empêcher de se demander si sa relation avec elle n'avait pas engendré une incroyable série d'événements au cours desquels la plupart de ses amis avaient eux aussi trouvé leur perle rare.

Il n'avait aucune explication à apporter à cet étrange et

merveilleux phénomène qui semblait les toucher un par un. Mais c'était comme s'ils avaient tous trouvé dans sa relation avec Tesla quelque chose qu'ils voulaient pour eux-mêmes et qu'ils avaient eu la chance de trouver la partenaire parfaite chacun leur tour.

Après avoir pris sa douche, il s'habilla rapidement puis salua ses amis et partit. Il avait hâte de rentrer chez lui pour rejoindre Tesla. Pendant de nombreuses années, il ne l'avait vue qu'en photo sur le téléphone de son frère. Celui-ci faisait partie de son unité avant de décéder brutalement lors d'une opération. Il avait souvent pensé à elle avant même de la connaître réellement, mais il n'aurait jamais pensé qu'il la rencontrerait un jour et encore moins qu'il finirait par tomber amoureux d'elle. Elle était si spéciale qu'il ne savait pas comment il avait pu survivre sans elle aussi longtemps.

Sa camionnette démarra facilement, mais le voyant d'huile s'alluma sur le tableau de bord. Mais comment était-ce possible ? Il venait de la faire réviser. Ne voulant pas prendre de risque, il sortit et fit le tour de son véhicule. Il était conscient que Tesla l'attendait chez eux, mais cette situation n'avait rien de normal. Son intuition se vérifia lorsqu'il découvrit une flaque formée par un liquide qui coulait lentement vers la roue arrière droite de sa camion-nette et s'était répandu jusque sous la Jeep de Shadow, garée sur la place voisine de la sienne.

Merde.

Il jeta un coup d'œil au parking presque vide. Son regard se posa sur les véhicules qu'il connaissait et s'attarda sur ceux qu'il ne connaissait pas. Les premiers étaient plus nombreux que les seconds. Lui et les gars étaient venus ici pour s'entraîner avant de rentrer chez eux.

Il avait décidé de rester plus longtemps que prévu et avait

donc légèrement dépassé l'horaire qu'il s'était fixé, mais à présent qu'il regardait sa camionnette, il se rendait compte qu'il aurait mieux fait de s'abstenir. Il allait être en retard. Cela ne faisait aucun doute.

L'huile continuait de couler. La flaque était bien trop grande pour ne pas éveiller sa méfiance. Bon sang, que se passait-il ?

En se redressant, il vit Shadow et Swede sortir par la porte d'entrée et se diriger vers lui.

— Tu as des problèmes de véhicule ? demanda Swede.

— Oui, une fuite d'huile. Mais je viens de le faire réviser.

Shadow étudia son visage puis s'accroupit pour observer la fuite d'huile.

— Cela ne s'est pas produit tout seul, annonça-t-il. C'est impossible.

— Ce n'est pas si simple que ça d'accéder au réservoir d'huile pour l'endommager volontairement, remarqua Mason. Instinctivement, nous pensons à un sabotage en raison de notre activité. Mais il n'y a aucune raison de penser que quelqu'un a saboté mon véhicule ici.

Du moins, il espérait qu'il n'y en avait pas. Pas en ce moment. Pas avec les vacances de Noël qui approchaient.

— Sauf que quelqu'un pourrait s'en prendre à toi pour de nombreuses raisons, même si nous préférons tous éviter de penser à ce genre de raisons. Ton nom et ton visage apparaissent dans des affaires très médiatisées, rappela Swede. Shadow et moi, on est là également, mais on se tient toujours en retrait, ce qui nous convient parfaitement. Toi, en revanche…

Mason fixa la flaque d'huile en essayant de comprendre à quoi ils avaient affaire exactement.

— Ça doit être le joint du filtre à huile, hasarda-t-il.

— Peut-être…, acquiesça Shadow.

Seulement, sa voix était plate et neutre… bien trop neutre.

— … mais j'en doute, termina finalement Shadow.

— Je vais appeler une dépanneuse, décida Mason. Peut-être que l'un d'entre vous pourrait me ramener chez moi ? J'essaierai de faire réparer ça rapidement.

— Je te ramène, proposa Swede pendant que Mason passait son appel.

— Et moi, je vais rester ici pour attendre la dépanneuse, marmonna Shadow en jetant un coup d'œil sous la camionnette. Je veux voir les dégâts de plus près.

Mason était indécis, tiraillé entre son envie de rejoindre Megan et sa curiosité qui le poussait à rester. Il devait savoir s'il s'agissait d'un sabotage. Ils avaient vu trop de choses dans leur vie pour laisser quoi que ce soit au hasard.

— As-tu eu des nouvelles de Tesla au cours de ces dernières heures ? l'interrogea Swede à voix basse.

Merde. Mason sortit son téléphone et appela la jeune femme. Swede avait raison. Si quelqu'un avait délibérément percé son réservoir d'huile, il était plus probable que cette personne veuille s'en prendre à elle plutôt qu'à lui. Pourquoi n'y avait-il pas pensé avant ?

La douce voix de Tesla emplit son oreille.

— Mason ? Où es-tu ? Je pensais que tu serais déjà rentré à l'heure qu'il est.

Soulagé, il la mit rapidement au courant de la situation.

— Oh non, ce n'est vraiment pas de chance, se désola-t-elle. Est-ce que…

Un léger halètement se fit entendre à l'autre bout du fil, puis plus rien.

— Tesla ? appela Mason d'une voix plus forte. Qu'est-ce qui se passe ? Tu m'entends ? Dis quelque chose…

Mais seul le silence lui répondit. Il regarda son téléphone et constata que la communication avait été coupée.

— Elle a arrêté de parler en plein milieu d'une phrase, expliqua-t-il d'une voix sombre en se retournant pour fixer ses hommes.

— Comme si elle avait été frappée ? Ou alors…

Mason ne répondit pas. Il s'était déjà élancé vers le véhicule de Swede. Tandis qu'ils sortaient du parking, il vit que Shadow s'était relevé. Son téléphone à la main, il était en train d'appeler du renfort. Puis Mason le perdit de vue lorsque Swede quitta le parking. Ils n'étaient pas loin de sa maison, mais le trajet lui sembla durer des heures. Au bout de quelques minutes qui lui parurent interminables, Swede finit par tourner dans la rue où il habitait. Au même moment, Cooper et Evan arrivèrent en sens inverse.

La porte d'entrée de sa maison était fermée… et verrouillée. Fronçant les sourcils, Mason la déverrouilla et se précipita à l'intérieur.

— Tesla ? Tu es là ? cria-t-il en entrant à vive allure dans la cuisine.

Constatant qu'elle n'était pas là, il courut jusqu'à son bureau situé à l'arrière de la maison. Depuis quelques jours, elle rencontrait un problème sur l'un de ses logiciels informatiques et voulait essayer de le résoudre ici même. Elle possédait un bureau sécurisé sur la base, mais détestait être interrompue dans son travail et arrivait davantage à se concentrer quand elle se trouvait chez eux. Elle lui avait certifié que rien de ce sur quoi elle travaillait ne serait utile à qui que ce soit et lui avait assuré qu'elle ne courrait pas plus de danger en travaillant ici que dans le bureau que l'armée avait mis à sa disposition.

Comme rien de fâcheux ne s'était produit depuis leur première rencontre, il l'avait crue.

Mais maintenant qu'il se retrouvait face à la chaise renversée et aux papiers éparpillés sur le sol de son bureau, il réalisait avec horreur qu'il n'aurait pas dû.

— Tesla ! hurla-t-il en se ruant hors de la pièce pour se diriger vers les escaliers.

Il procéda à une rapide fouille de chaque recoin du premier étage, mais ne trouva rien. Il n'y avait aucun signe de Tesla nulle part. Quand il était parti ce matin, elle s'était déjà mise au travail, vêtue de son pyjama le plus confortable.

Ils savaient tous les deux qu'ils avaient des choses à régler ce soir, puisqu'ils devaient notamment préparer et organiser leurs vacances. La petite boîte dans sa poche était un rappel constant du seul cadeau de Noël qu'il voulait désespérément qu'ils s'offrent. Ils avaient voulu que tout soit prêt avant que la folie des achats ne commence… mais ils avaient manqué leur objectif de plusieurs semaines.

Et maintenant, il ne pouvait s'empêcher de se demander s'il n'avait pas perdu la chose la plus importante de sa vie.

CHAPITRE 2

COMMENT N'AVAIT-ELLE PAS pu le voir venir ? Tesla s'allongea tranquillement à l'arrière du van, encore abasourdie par la vitesse à laquelle elle avait été emportée. Elle en était vraiment venue à détester ces connards, tous autant qu'ils étaient. N'avait-elle pas été kidnappée et blessée plus que de raison ? Ça ne devrait pas encore arriver. Et comment quelqu'un pouvait-il savoir qu'elle travaillait à la maison ce jour-là ? Elle avait activé la sécurité et était dans son bureau depuis que Mason était parti, avant 7 heures. En dehors des nombreux passages à la salle de bain et à la cuisine pour remplir sa tasse de café vide, elle était submergée de boulot. Un boulot important. Et maintenant, elle devait se demander si les deux n'étaient pas liés. En vérité, elle n'avait pas été complètement honnête avec Mason.

Quelle erreur !

Il était difficile de savoir quoi dire quand on soupçonnait un collègue de trafiquer les programmes. Elle n'avait pas voulu accuser quelqu'un sans preuve. Le simple fait d'exprimer ses inquiétudes semblait augmenter cette probabilité.

Elle était sûre que quelqu'un modifiait le code sans autorisation, mais avec la protection qu'elle avait installée, cela n'aurait pas dû être possible. Mais ça s'était tout de même produit. Elle avait contacté la sécurité, et le commandant leur avait parlé de la brèche. Elle l'avait informé qu'elle resterait à la maison pour examiner la question plus en profondeur sans que des yeux indiscrets surveillent ses progrès. Mais elle ne l'avait pas dit à Mason.

Et pourquoi cela ?

Parce qu'il serait resté à la maison pour s'occuper d'elle.

Et pourquoi était-ce un problème ?

Parce qu'elle ne voulait pas être un fardeau.

Son préambule mental lui avait permis de conclure qu'il s'agissait de nouveau de son père. Lui qui attendait qu'elle gère sa vie toute seule. Qu'elle ne s'appuie pas sur quelqu'un d'autre. N'avait-elle pas encore réglé ce souci ? Apparemment non.

Merde !

Mason allait être furieux quand il allait la retrouver.

Et il la retrouverait.

Impossible autrement. Elle examina cette croyance un peu plus profondément et réalisa qu'elle lui confiait sa vie, et ce, depuis longtemps. Un lien qui n'avait pas changé au cours des mois où ils avaient été ensemble. Leur relation n'avait fait que grandir au fil du temps, s'approfondir en émotions, de plus en plus, alors qu'ils se disputaient, riaient et s'aimaient… Dieu qu'ils se sont aimés – et s'aimaient encore.

Elle refusait d'y renoncer.

Ces trous du cul allaient devoir attendre. Ils apprendraient tout bien assez tôt. Mason allait venir.

Et il allait leur botter le cul.

MASON CONSULTA SON ordinateur et les caméras vidéo qui sécurisaient sa maison. Ils bénéficiaient d'une meilleure sûreté que la plupart des autres lieux, grâce à Tesla. Elle était très estimée dans son domaine et travaillait sur des trucs secrets de très haut niveau – dont il n'avait même pas connaissance pour la plupart. Et il serait damné si quelqu'un la lui enlevait de *nouveau* – mais ils venaient de le faire, et il avait besoin de savoir comment.

— Quelque chose là-dessus ? demanda Swede en se balançant sur ses talons.

Mason avait conscience que son ami avait hâte de mettre la main sur l'ordinateur, étant du genre geek. Bien que Mason ne soit pas aussi doué, il n'y avait pas besoin d'être un geek pour voir sur le flux vidéo deux hommes en noir, les visages détournés de la caméra, enfiler des masques et s'introduire par la porte arrière de sa maison. Quelqu'un avait éteint le système de sécurité.

Swede et lui regardèrent sans voix Tesla être emportée quelques secondes plus tard. Elle leur avait fait vivre un enfer. Il n'y avait pas d'audio sur la vidéo, mais il était capable d'entendre sa voix dans son esprit.

« *Mason va venir. Il va te pourrir la vie pour m'avoir touchée !* »

L'un des types, plus grand et plus baraqué que l'autre, avait tendu le bras et l'avait giflée. Elle s'était instantanément effondrée. Mason avait déjà à moitié sauté de sa chaise, la colère vibrant dans sa main alors qu'il saisissait le moniteur comme s'il avait l'intention de passer son poing à travers l'écran et de blesser ce connard.

Swede lui attrapa le bras.

— Doucement ! On doit les choper avant que tu puisses les frapper.

Mason se calma légèrement. En visionnant les caméras l'une après l'autre, ils aperçurent une camionnette de service blanche avec le nom d'une société de chauffage, ventilation et climatisation sur le côté qui sortait de derrière la maison et s'engageait sur la route principale. La plaque d'immatriculation était assez facile à distinguer. Swede le poussa hors du chemin et commença à faire des copies des plans spécifiques dont ils avaient besoin pour contacter la sécurité de la base.

Mason fut au téléphone avec le commandant en quelques secondes. Ils avaient déjà prévenu la sécurité, mais personne n'avait la moindre idée de l'endroit où elle serait susceptible d'être transportée après cela – ni pourquoi.

Il était terrifié à l'idée qu'à un moment donné quelqu'un puisse décider qu'elle ne valait pas la peine d'être maintenue en vie, et qu'il la tue tout simplement. L'état d'esprit étant que, s'ils ne parvenait pas à s'en servir pour leur propre bénéfice, ils empêcheraient l'armée américaine de l'utiliser aussi.

Il espérait que l'ennemi n'en était pas là. La dernière fois s'était mal passée, avec l'un de ses anciens amis à la tête du groupe. Pourtant, ils avaient résolu ce bordel, récupéré Tesla et éliminé les méchants, trouvant même une pomme militaire pourrie sur la base ici. Dans l'ensemble, une affaire merdique qui s'était bien terminée.

Surtout qu'il s'était retrouvé avec Tesla.

Mais ici… maintenant… qu'advenait-il ? Qui la voulait ? Et pourquoi ?

— La sécurité a été alertée, annonça le commandant. Nous sommes à la recherche du véhicule désormais. L'entreprise dit que le van en question a disparu la nuit dernière. Ils ont déposé une plainte à la police ce matin.

— Bien sûr.

Mason raccrocha le téléphone, la gorge nouée alors qu'il

regardait la fourgonnette repartir sur l'écran. Il ne pouvait pas rester sur place.

Il devait faire quelque chose de constructif pour la récupérer.

Maintenant.

CHAPITRE 3

SES POMMETTES ÉTAIENT encore douloureuses, et sa tête souffrait du dernier coup qu'elle avait reçu après avoir recouvré ses esprits. Elle allait frapper ce type dans les noix et lui faire chanter un autre air la prochaine fois qu'elle en aurait l'occasion, ou du moins quand la douleur n'irradierait plus dans ses jambes et ses bras.

Mason allait être furieux s'il découvrait ce que le grand gars avait commis. Il s'appelait Steve d'après les bribes de conversation qu'elle avait entendues. L'autre se prénommait Fred. Les gens baptisaient-ils encore leurs enfants Fred ? Elle ne se souvenait pas d'avoir rencontré quelqu'un de moins de 60 ans portant ce prénom-là, et cet homme était beaucoup plus jeune. La trentaine, peut-être.

Non pas qu'il allait vieillir. Mason s'en occuperait.

— Mason est déjà en train de vous suivre, lança-t-elle.

— Merde ! Tu lui fourrerais pas un truc dans la bouche pour l'obliger à se taire ?

Elle détestait vraiment cette idée-là. Abandonnant la partie, elle s'affaissa et ferma les yeux. Peut-être penseraient-ils qu'elle était encore dans les vapes. Ses épaules palpitaient d'une douleur qu'elle voulait ne plus jamais ressentir. Avoir ses bras attachés dans le dos lui faisait mal. Elle craignait que cela ne cause des dommages permanents à ses doigts. Elle pouvait s'en accommoder, mais ce serait dramatique de perdre leur fonctionnalité, compte tenu de son métier. Elle laissa son corps se détendre tandis que son esprit s'activait pour trouver un moyen de s'échapper. Il n'y avait pas de vitres sur le van, et la porte arrière était probablement verrouillée. Bien sûr qu'elle devait l'être. Mais la serrure s'ouvrait-elle de l'intérieur ou le conducteur devait-il la déverrouiller comme sur les nouvelles voitures à fermeture centralisée automatique ?

Allongé à l'arrière, son corps se balançait à chaque virage. Au moins, l'arrière du véhicule était bien stabilisé, donc elle ne roula pas trop sur elle-même. Et ce fut là qu'elle réalisa qu'elle était couchée sur quelque chose de petit et dur. Juste assez grand pour la rendre encore plus mal à l'aise.

En étudiant l'intérieur de la camionnette, elle fronça les sourcils. C'était un vieux modèle. Ils allaient devoir s'en débarrasser assez tôt. Les caméras de circulation l'auraient repérée et les auraient suivis à travers la ville.

Bon sang ! Ils avaient dû emprunter une autoroute pour se déplacer à cette vitesse.

Elle espérait que l'alerte serait donnée plus vite que ça. Mais bien sûr, ces gars-là avaient un timing parfait. C'était aussi l'un des inconvénients de la vie ici. Mason et elle avaient envisagé de quitter la base pour un autre endroit, mais ils étaient proches de leurs lieux de travail respectifs et avaient des amis à quelques pas. Ils pourraient finir par changer de résidence un jour prochain, mais il était difficile de dire quand.

— Appelle Grant et fais-lui savoir que tout est bon ! Nous devons terminer la livraison, et ensuite nous serons en mesure d'abandonner la course.

La camionnette prit de la vitesse et s'inséra dans le trafic principal. Si elle avait essayé de passer par la porte arrière, elle avait manqué sa meilleure chance lorsque le van avait ralenti. Désormais, elle craignait que cette forme d'évasion signifie être percutée par un deuxième véhicule roulant juste derrière et qui ne réussirait pas à s'arrêter à temps – si ses passagers la voyaient bien, avant de l'écraser.

Elle gémit doucement. Elle avait été trop lente, et ils l'avaient entendue.

— Pourquoi est-elle encore éveillée ? Je pensais que tu l'avais frappée assez fort pour l'assommer pour le reste de l'après-midi.

— Moi aussi, déclara Steve. Elle a la tête dure. Si tu penses que c'est nécessaire, je peux aller l'assommer de nouveau. Mais elle est bien ligotée. Si elle tente quoi que ce soit à ce stade, ça ne se passera pas bien pour elle.

— Et puis nous ne sommes pas payés, tu t'en souviens ? Ils la veulent en vie assez longtemps pour vérifier son travail et voir s'ils ont besoin de ses compétences. Et si ce n'est pas son ordinateur portable qu'ils recherchent, au moins ils l'auront.

Tesla ferma les yeux et jura intérieurement. Merde ! Ils étaient encore intéressés par son travail. Qui donc était au courant de ce sur quoi elle bossait en ce moment, à part les autres membres de son équipe ? Ils n'étaient sûrement pas impliqués, n'est-ce pas ? Mais elle avait déjà été doublée pour de l'argent auparavant. Il n'était donc pas improbable que cela se reproduise. Elle espérait simplement que ça n'arriverait pas.

— En quoi son travail est-il si spécial ? grogna Fred. Le job serait beaucoup plus facile si on avait seulement à voler l'ordinateur portable.

— Oui, mais elle est militaire, alors que faire si elle déclenche une explosion ou quelque chose du genre ? répliqua

Steve, la nervosité tranchant sa voix. On pourrait avoir besoin d'elle pour enlever les trucs de là.

— Mais les informations vont être protégées sur les serveurs militaires, donc elles ne seront pas sur le portable de toute façon, argumenta Fred. Honnêtement, c'est un boulot stupide.

— Mais c'est très avantageux. On a fait des conneries pour d'autres qui étaient prêts à casquer, alors pourquoi pas celui-là ? Le nôtre consiste à ne pas poser de questions.

— C'est vrai. Je pense toujours qu'elle est un problème et qu'on devrait la larguer.

Fred fit prendre au van un virage assez serré pour que Tesla se retourne. Elle veilla à ce que son corps roule au cas où ils regarderaient.

Fred continua :

— Nous pourrions nous remettre du vol de l'ordinateur assez facilement, mais en kidnappant cette femme, il n'y aura pas de retour en arrière si nous sommes arrêtés.

— On s'assure donc de ne pas se faire arrêter, dit Steve d'un air entendu.

— Et pourtant, nous sommes entourés de flics. On en a dépassé deux, et un autre roule devant nous, grogna Fred. Et personne ne sait encore qu'elle a disparu. Comment ça va être quand ils l'apprendront ?

— Tu deviens paranoïaque. Ne perds pas ton sang-froid ! J'ai conscience que nous n'avons été impliqués que dans de petites affaires jusqu'à présent, mais c'est un gros coup pour nous. J'ai besoin de l'argent pour retourner dans l'Est. C'est mon ticket de retour.

— Oui, je comprends, mais il y a de grandes prisons là-bas aussi – et je ne veux pas finir dans l'une d'elles.

— Je ne vais pas aller en taule, répliqua Steve. Putain,

pas question ! Pas de nouveau.

Tesla écoutait les deux hommes se disputer au sujet des risques de cette mission importante, mais aucune pression silencieuse de sa part ne les incita à divulguer plus d'informations. Et il lui en fallait. Sinon, comment réussirait-elle à faire échouer leurs plans ?

Une courbe difficile la contraignit à rouler encore une fois. Cette fois-ci sur l'objet sur lequel elle était allongée. Et pourtant, il semblait être contre l'arrière de sa cuisse.

Son regard s'élargit quand la mémoire lui revint. Elle était au téléphone lorsqu'elle avait été frappée par-derrière. Elle était tombée à genoux, haletante, mais avait réussi à glisser le portable dans son pantalon avant d'être traînée dehors. Comme tout était encore flou, elle avait oublié.

Quel retournement de situation ! Elle sourit. Maintenant, elle devait trouver comment le mettre dans ses mains. Et oser essayer de l'utiliser ? Au virage suivant, elle se retourna et se retrouva coincée contre le côté du véhicule, les mains hors de la vue des ravisseurs. Elle travailla pour libérer ses poignets. Elle devait trouver un moyen d'attraper son téléphone avant que les hommes ne réalisent qu'elle l'avait toujours sur elle. Pourquoi ne s'était-elle pas habillée correctement ? Son bas de pyjama confortable avec des bonhommes de neige dansants n'était pas vraiment ce qu'elle aurait choisi de porter en ce moment même — si elle avait su qu'elle allait être kidnappée. Il n'avait pas de poches.

Mais elle avait un téléphone portable… et cet espoir alléchant d'une fin meilleure fit naître un grand sourire sur son visage.

MASON FIXA DANE en disant :

— Les caméras de sécurité ont filmé le départ du van sept minutes avant notre arrivée chez vous. Ils l'ont sortie d'ici avant que nous soyons en mesure de confirmer sa disparition…

— J'ai appelé, répliqua Mason. J'ai appelé tout de suite quand elle a été coupée au milieu de la conversation.

— Et la sécurité a été sur le coup rapidement, mais ils n'ont pas mis en place un verrouillage, car ils n'avaient pas la confirmation que quelqu'un manquait à l'appel, déclara Swede d'une voix calme. Nous allons la trouver.

Le cerveau de Mason ne comprit pas le message. Il dévisagea Dane, choqué.

— Donc c'est tout ?!

Dane acquiesça.

— Ils le suivent sur les caméras de la ville.

— Il y a presque vingt minutes de cela. (Il secoua la tête.) Ce n'est sûrement pas possible. Jésus, avez-vous une idée de la distance qu'ils ont pu parcourir pendant ce temps-là ?!

Il y eut un silence lourd. Cette dernière question rhétorique fit remonter trop de mauvais souvenirs.

Le téléphone de Dane sonna. Il s'éloigna de quelques pas pour plus d'intimité et répondit. Mason essaya de dépasser sa stupeur. Il se tourna vers le bureau comme s'il était en mesure de mettre la main sur les réponses qu'il n'avait pas encore trouvées. Il étudia la disposition des lieux et réussit à visualiser dans son esprit comment cela s'était passé. Tesla avait cette capacité unique de se concentrer. Quand elle se mettait au travail, elle y était à cent cinquante pour cent. Rien ne pouvait l'ébranler. N'importe qui aurait été à même de se glisser derrière elle et de la saisir. Elle serait tombée en frappant et en criant, et elle aurait saisi toutes les occasions de s'échapper dès qu'elle en aurait eu l'occasion. En parlant de ça, où était son téléphone ?

Il se pencha pour observer sous le bureau. Aucun signe. Il fouilla le meuble puis se redressa lentement, se demandant : Aurait-elle pu s'enfuir avec ? Était-ce possible ? Les hommes lui auraient sûrement enlevé. Il était plus probable qu'ils l'avaient et qu'ils allaient l'utiliser pour contacter la base afin d'obtenir une rançon – ou en guise d'avertissement.

Mais il était incapable de s'empêcher de penser que, peut-être, elle l'avait sur elle.

— Mason ? appela Swede. Qu'as-tu trouvé ?

— Rien. Et c'est bien là le problème. Son téléphone portable a disparu.

— Tu penses qu'elle a réussi à le garder ? (Swede fronça les sourcils en se retournant pour chercher l'objet manquant.) Il est plus vraisemblable que les kidnappeurs le lui ont arraché.

— Je ne peux qu'espérer qu'elle l'ait encore. Nous serions alors en mesure de la suivre.

Mason sortait du petit bureau quand son téléphone sonna. Il l'attrapa et dit :

— Bonjour !

— Mason, vous a-t-elle expliqué sur quoi elle travaillait ?

Mason fronça les sourcils et répondit lentement au commandant :

— Pas vraiment. Uniquement qu'elle avait besoin de travailler sur quelque chose et qu'elle ne voulait pas de distractions.

— C'est bien de savoir qu'elle n'a rien révélé, mais en ce moment précis, j'aurais aimé qu'elle le fasse.

— Pourquoi ça ? lança Mason sans essayer de retenir son ton tranchant. Si vous êtes au courant de quelque chose, monsieur…

— Elle avait l'impression que quelqu'un corrompait son programme. Je ne comprends pas, mais selon elle, il y a eu des changements qu'elle n'avait pas autorisés.

Mason ne comprenait pas non plus tout ça, mais si Tesla affirmait que quelqu'un manipulait son code, alors c'était bien le cas. Il la connaissait par cœur. Elle était la meilleure programmatrice dont il ait jamais entendu parler. Elle avait développé des programmes pour l'armée qui donneraient des résultats astronomiques en matière de sauvetage de vies. Et c'est bien cela qui avait constitué le problème auparavant.

— Espionnage ?

— Terrorisme.

Il inspira, puis continua :

— Des modifications du code pour nuire et non pour aider ?

— C'est ce dont Tesla avait peur. Elle est restée à la maison aujourd'hui avec l'intention de découvrir qui c'était.

Il attendit, cherchant à obtenir plus de renseignements, mais en vain.

— Un traître, chez nous ?!

Un lourd soupir fut suivi d'une toux au bout du fil.

— Que ce soit clair : cette info ne vient pas de moi. Compris ?

Merde !

— Que faites-vous pour trouver cette personne ?

— Depuis que Tesla est venue me voir hier, j'ai diligenté une enquête sur toutes les personnes qui ont un accès au logiciel. Jusqu'à présent, il n'y a pas d'alerte rouge concernant ceux qui sont ici aujourd'hui.

— Et ceux qui n'y sont pas en ce moment ?

— C'est plus problématique. Farrow et Michelson ne

sont pas au bureau. Farrow est malade, et Michelson est en vacances.

— J'ai besoin de leurs adresses, tout de suite.

— Je les ai ici.

Il y eut un bruissement de papiers, et le commandant lui communiqua les adresses.

— Je ne sais pas quoi dire de ces deux hommes-là. Ils jouissent de longs états de service. Il n'y a aucun signal d'alerte nulle part dans leur carrière ou leur vie personnelle. Nous faisons très attention à qui nous laissons participer à ce projet. Tesla est très exigeante.

— N'appréciait-elle pas l'un de ces hommes ?

Il y eut un étrange silence.

— Commandant ? demanda Mason d'une voix sèche. Je dois être au courant de tout.

— Elle a eu quelques démêlés avec Farrow. Ils n'étaient pas d'accord sur la plupart des sujets. Farrow est ici depuis des années, et Tesla... eh bien...

— Exact, elle était la petite nouvelle, c'était son bébé, et elle avait le pouvoir d'opérer des changements avec lesquels il n'était peut-être pas d'accord.

— Exactement.

— Et Michelson ?

— C'est un peu une tête dure. Il travaillait lui-même sur un programme similaire et n'a pas apprécié qu'elle monte à bord comme elle l'avait fait. (Le commandant ajouta en s'excusant :) Mais celui de Tesla était bien supérieur.

— Je vous indiquerai si on trouve quelque chose.

Et il raccrocha. Il était déjà parti, ouvrant la voie, et il trouva les hommes déjà dans les véhicules, moteurs démarrés. Dane était au volant de son camion et l'attendait. Mason se dirigea vers Swede et lui donna la première adresse, puis il monta à côté de Dane.

— On va aller chez Farrow.

Et ils filèrent à l'autre bout de la ville. Farrow ne vivait pas sur la base. Ne pas être sous l'œil vigilant des militaires lui donnait plus de liberté pour causer des problèmes.

CHAPITRE 4

COMBIEN DE TEMPS allaient-ils continuer à rouler ? Si ça ne tenait qu'à elle, elle aurait déjà changé de véhicule. Elle s'inquiétait pour Mason. Comment faisait-il face ? Au moins, il avait conscience qu'elle avait des problèmes, car il était au téléphone avec elle quand elle avait été attaquée. Et il était intelligent. Il avait déjà élaboré un plan. Elle était persuadée qu'il en avait un. Il était comme ça. Il comprenait ce genre de choses.

Elle devrait en apprendre plus. Du moins, si elle voulait s'obstiner à avoir des ennuis. Chercher à comprendre. Tout ce qu'elle essayait de faire était d'aider les gens. Et il semblait y avoir une infinité d'individus qui tentaient de l'en empêcher. Pourquoi ça, bon sang ?!

Elle repensa au nombre de personnes qui savaient qu'elle travaillait à la maison ce jour-là. Elle se serait portée garante de tous ceux qui avaient accès à son projet. C'étaient tous des hommes honnêtes et travailleurs. Bien sûr, elle avait eu quelques problèmes au départ. Elle s'était lancée avec un programme brillant dont tout le monde était ravi, et elle, en tant que programmeuse, avait eu beaucoup de liberté. Mais elle n'en avait jamais profité.

Quelques gars ayant de l'ancienneté n'avaient pas apprécié qu'une jeune femme les dépasse. Ils avaient sous-entendu qu'elle avait couché pour arriver au sommet, mais elle était une civile, et l'échelle d'appréciation des choses était très différente pour elle.

Et elle ne s'abaisserait jamais à ce qu'ils avaient insinué non plus. Le seul homme avec qui elle avait prévu d'avoir une liaison était Mason.

En parlant de Mason, il devait être en train de devenir fou. Avait-il déjà retrouvé sa trace ? Mais pourquoi en serait-il ainsi ? Elle n'avait pas la moindre idée de qui était derrière tout ça et elle ne lui avait pas parlé de ses soucis actuels, donc à moins que le commandant ne soit prêt à s'ouvrir à lui, il n'en saurait rien.

Elle reposa ses bras de nouveau. Ses poignets étaient meurtris à force d'essayer de les libérer. Lorsqu'elle détendit ses épaules, quelque chose dans les liens céda. Son bras raide et engourdi par la position inconfortable tomba à plat le long de son flanc, et des vagues de douleur la parcoururent. Après cela, libérer l'autre bras fut facile. Elle se déplaça avec précaution jusqu'à ce qu'elle parvienne à atteindre son téléphone et, au virage suivant, elle se retourna pour faire face à la paroi du van. Elle envoya rapidement plusieurs SMS à Mason. Elle coupa le volume et l'informa de ce qu'elle pouvait. Au fil de ses envois de messages, elle réalisait qu'elle n'était pas en mesure de dire grand-chose. Et elle n'avait pas le temps de raconter quoi que ce soit, car sa batterie était presque à plat. Espérons qu'ils la suivaient. Elle lui donna une description des deux hommes et leurs noms, et lui écrivit qu'elle n'était pas attachée, mais qu'ils s'éloignaient de la base – rapidement. Et qu'un certain Grant attendait qu'elle lui soit livrée.

Elle relaya les bribes de conversation dont elle était capable, puis, entendant quelqu'un d'autre parler, elle glissa le téléphone dans ses sous-vêtements et tenta de faire croire qu'elle était toujours inconsciente. Sauf pour ses mains libres.

— Elle va bien ?

— Oui, il y a tellement de merde ici que j'arrive à peine à la distinguer, mais elle semble être de nouveau dans les vapes.

— Bien. Peut-être a-t-elle subi une réaction à retardement au coup que tu lui as porté.

— Ou alors… elle fait semblant, suggéra Steve.

— Peu probable. Avec quelle force l'as-tu frappée la dernière fois ? demanda Fred d'un ton inquiet. Nous avons besoin d'elle vivante et en bonne santé.

— Elle l'est. Mais elle est plutôt… spéciale.

— Comment peut-elle l'être ? C'est simplement une programmeuse geek qui ne connaît que le code.

— Exact.

Les deux hommes rirent en chœur.

Au fond du van, en les écoutant, Tesla réalisa qu'il y avait une nouvelle donnée. Depuis qu'elle avait rencontré et était tombée amoureuse de Mason, elle avait appris plus qu'elle ne le pensait. Y compris l'auto-défense. Elle avait découvert que le judo était plus son style que le karaté. Mason l'avait soutenue tant qu'elle choisissait une discipline qui lui plaisait et qu'elle apprenait à se protéger.

Elle n'était pas encore allée très loin dans son entraînement, mais elle en savait un peu. Très probablement juste assez pour s'attirer des ennuis. Le fait était qu'elle doutait que ces deux hommes-là connaissent des arts martiaux. Ils avaient l'air de voyous de bas étage. Brutaux. C'était l'homme, Grant, qui les avait engagés, qu'elle voulait. Elle était fatiguée d'être considérée comme un pion dans le jeu de quelqu'un d'autre. Elle n'avait pas besoin de cette merde-là.

Et elle avait envie de revenir à Mason et à son travail.

Avant Mason, la programmation était sa vie. Désormais, il était sa vie, et les programmes ses bébés. Elle n'était pas sûre d'être prête à fonder une vraie famille, alors en attendant, tout ça fonctionnait bien.

Si Mason devait vivre sans elle… il ne se pardonnerait jamais si quelque chose lui arrivait. Si leurs positions étaient inversées, elle n'était pas certaine de réussir à poursuivre son existence toute seule. Elle avait été solitaire pendant si longtemps. Maintenant, il était là pour elle… le perdre serait horrible.

Il l'aimait autant qu'elle l'aimait. Elle s'était demandé si elle ne devait pas se diriger vers une relation plus permanente, mais elle s'était retenue, ne souhaitant pas le pousser à bout. Ils avaient emménagé ensemble quelques mois auparavant, et elle avait apprécié chaque minute de vie commune. Il n'y avait rien de plus agréable que de se réveiller avec lui à ses côtés.

Et ces connards cherchaient à leur enlever ça.

La colère couvait.

Son téléphone vibra dans son pantalon. Elle se déplaça pour étudier les hommes à l'avant. Était-il prudent de répondre ? Et elle surprit l'un d'entre eux en train de la fixer.

— Oh, ça alors ! Regardez qui est réveillé ! renifla-t-il. Tu ne vas nulle part, alors tu ferais mieux de te rendormir.

Elle se retourna et ferma les yeux, essayant de bloquer son rire rauque.

MASON FRAPPA À la porte de Farrow et, la trouvant déverrouillée, se précipita à l'intérieur. Il voulait que ce gars-ci soit le coupable. Quiconque avait un problème avec Tesla avait un problème avec lui. Elle était une aubaine pour tout le monde, et ce type devait la jouer gentil.

Le salon était vide. Dane alla d'un côté et lui de l'autre. Ils se rencontrèrent dans la cuisine. Rien.

— Je vais voir dans le garage.

— Je vais monter à l'étage.

Mason courut vers l'escalier. La maison était vide. L'homme avait-il quitté la ville ? Il était soi-disant malade, mais l'était-il réellement ? Ou faisait-il simplement l'école buissonnière, et si oui, pourquoi ?

Au dernier niveau, il vérifia la chambre d'amis puis la chambre principale. Le lit était froissé comme s'il en était sorti récemment, mais la pièce et la salle de bain attenante étaient toutes deux vides.

— Mason, appela Dane d'en bas. J'ai trouvé.

Mason descendit les marches deux par deux puis suivit Dane dans le garage.

Et s'arrêta net.

Dane pointa du doigt le SUV le plus récent garé près de la porte. Un homme était assis sur le siège du conducteur, et il y avait un joli trou de balle bien net à travers le pare-brise et le front.

— Ah, l'enfer !

Il contacta la police, puis se retira légèrement pour téléphoner au commandant et le mettre au courant.

— J'attends des nouvelles de Swede qui s'est rendu à l'adresse de Michelson. (Il sourit férocement et ajouta :) Ensuite, je vais mettre en pièces le monde de Farrow. Il ne s'est pas suicidé, il y a donc de fortes chances qu'il ait participé à l'enlèvement.

— Nous allons remonter la piste de son travail et voir ce que nous pouvons trouver.

Mason devait être satisfait de cela. L'enquête militaire le

pousserait à agir, mais il y avait encore des processus et des procédures à suivre. Et en ce moment même, il n'en avait rien à faire. Dane avait déjà fouillé le garage de Farrow. Mason reporta son attention sur le corps et ouvrit la portière du véhicule, passant la main à l'arrière du pantalon de l'homme pour trouver son portefeuille. Son portable était dans la poche de sa chemise. En jetant le téléphone à Dane, Mason fouilla le portefeuille. Quelques petites coupures, plusieurs cartes de crédit, un reçu de l'épicerie du coin et une note pliée. Il ouvrit cette dernière.

— Il y a un numéro de téléphone là-dessus.

Il s'approcha de Dane qui étudiait les contacts de Farrow et ses appels récents.

— Il a passé un coup de fil trente minutes avant que tu n'appelles Tesla.

— À qui ? s'intéressa Dane en jetant un œil aux chiffres notés sur le papier puis en les comparant au numéro du téléphone de Farrow. Puis il annonça :

— À ce numéro-là.

— Pas de nom ?

— Non.

Mason renifla et appuya sur le bouton d'appel du portable.

— Voyons qui c'est !

Le téléphone sonna longtemps jusqu'à ce qu'enfin une voix irascible réponde.

— Je t'ai dit de ne plus m'appeler.

Le silence.

— Désolé, j'ai pensé que je devais redemander.

Mason se raccrocha à ce qu'il pouvait dire.

— Redemander ? Super. Nous avons été… qui est-ce ?! (La voix passa de la colère à la suspicion.) Qui êtes-vous ?

— Farrow, révéla Mason d'une voix calme. Je vous ai contacté il y a une heure.

— Tu aurais pu le faire à ce moment-là, mais ce n'est pas toi maintenant… (La voix s'irrita.) Tu me prends pour un idiot ou quoi ?! Les morts ne passent pas de coups de fil !

Et il raccrocha.

— Eh bien, désormais, nous savons qui a tué Farrow. (Dane secoua sa tête.) Incroyable !

— Pas vraiment. On sait simplement que ce type au téléphone était au courant de sa mort. Mais qui est-il ? (Mason étudia le papier dans sa main et mémorisa le numéro.) Nous devrions être en mesure de retrouver son propriétaire.

Au bruit des véhicules qui arrivaient, les deux hommes sortirent et expliquèrent la situation à la police. Mason remit la note, le portefeuille et le portable. Puis lui et Dane partirent.

— Je suis surpris que tu leur aies tout donné.

Mason acquiesça.

— J'ai retenu le numéro, et dans ses contacts se trouvait l'autre collègue, Michelson.

Son téléphone sonna.

— Swede, quoi de neuf ? le questionna Mason, espérant qu'ils avaient trouvé quelque chose – n'importe quoi – à l'autre adresse.

— Rien malheureusement, déplora Swede. Aucun signe de lui, mais il y a une petite valise, vide, sur le sol de sa chambre à coucher, et il semble que des vêtements manquent dans la commode et le placard.

— Il est censé être en vacances, il est peut-être parti pour quelques jours.

— Peut-être, mais le voisin s'occupe de son chien pour lui et cette fois-ci, il n'y a pas eu de demande en ce sens.

— Le chien est toujours là ?

— Oui, mais c'est fermé à clé, de l'extérieur.

— Merde ! Donc pas moyen de savoir s'il s'est enfui ou s'il va revenir. S'il tient à son animal, il reviendra.

— Pas nécessairement. Les voisins s'en occuperont. De plus, l'endroit est immaculé. Comme s'il avait à peine vécu dedans.

— Depuis combien de temps habite-t-il là ? s'intéressa Mason en sautant du côté passager de la camionnette de Dane alors que ce dernier démarrait le moteur et sortait de l'allée.

Il fallut quelque peu manœuvrer pour passer parmi les nombreuses voitures, mais finalement, ils se retrouvèrent enfin à rouler à vive allure.

— Nous sommes en route vers vous, ajouta Mason. Mais j'ai un numéro que j'aimerais que tu cherches si tu peux. (Mason expliqua ce qu'ils avaient découvert.) Tu as réussi à localiser le téléphone de Tesla ?

— Donne-moi cinq minutes pour vérifier ça ! dit Swede. Quant au portable de Tesla, il s'est allumé brièvement puis s'est éteint. J'espère qu'il va se rallumer. Je n'ai pas pu obtenir de géolocalisation tout de suite, car il a cessé d'émettre trop vite.

Mason considéra un moment la chaleur de l'après-midi et se demanda où ses ravisseurs emmenaient Tesla.

CHAPITRE 5

L E VÉHICULE RALENTIT et tourna à droite. Tesla se raidit à l'arrière et attendit, les muscles tendus. Elle devait garder son téléphone avec elle et trouver quelque chose… n'importe quoi d'utile à transmettre à Mason. La batterie de son portable était à bout de souffle, elle devait l'économiser pour le moment où il lui serait le plus profitable.

Les hommes lui faisaient remarquer quelque chose tandis que le van freinait. Elle parvenait encore à entendre les bruits de la circulation autour d'elle, mais beaucoup moins, comme s'ils s'étaient arrêtés dans une rue secondaire.

Elle essaya de scruter par la vitre de devant, mais ne put rien déduire quant à sa position. Ils allaient bientôt s'en prendre à elle. Comment allait-elle cacher ses bras libres ? Non seulement ils allaient être furieux et s'attaquer à elle, mais ils allaient encore l'attacher.

Le téléphone était bien fixé dans sa culotte – aussi bien que possible – mais il n'y avait aucun moyen de lier ses bras de nouveau. Elle fronça les sourcils. Ou bien y en avait-il un ? Elle chercha la corde et l'enroula tant bien que mal autour de ses poignets. Ce n'était pas très joli, mais si elle était inconsciente, ils ne regarderaient peut-être pas de trop près. Elle aurait aimé enrouler la corde autour de leur cou. Et ça pourrait marcher si elle attrapait un gars seul et pris au dépourvu.

Exact… comme si ça allait arriver.

Puis la camionnette s'arrêta net.

Elle s'allongea à l'arrière, ses tripes se serrant et son souffle sortant en courtes bouffées hachées. Elle avait besoin de se calmer. Les types sortirent du véhicule et claquèrent les portes derrière eux. Elle patienta, s'attendant à ce que celles à l'arrière s'ouvrent. Comme elles restèrent fermées, elle s'assit lentement. Venaient-ils la chercher ou s'en allaient-ils ?

Lorsqu'il n'y eut plus aucun bruit, elle se pencha en avant pour observer dehors et réussit à voir le ciel bleu, mais rien d'autre à part la fin de l'après-midi qui se dirigeait vers le soir. Elle rampa jusqu'au siège du conducteur, sachant qu'ils n'auraient pas laissé les clés sur le contact, mais elle ne pouvait pas abandonner l'espoir qu'ils l'avaient peut-être fait.

Bien sûr que non ! Il n'y avait aucun signe de son ordinateur portable non plus. Elle n'avait également aucune idée de la façon de démarrer le moteur. Encore une chose qu'elle devait rappeler à Mason de lui enseigner. Si elle avait bénéficié de son entraînement, elle ne se serait jamais retrouvée dans cette situation pénible. Et si elle avait suivi son entraînement, elle n'aurait pas été kidnappée !

Elle devait trouver un juste milieu.

Et elle le ferait – dès qu'elle serait hors de danger – de nouveau. Elle étudia la zone à l'extérieur du van. Il semblait y avoir des entrepôts commerciaux tout autour. Ce serait bien, mais il n'y avait aucune chance qu'ils la laissent seule à l'intérieur de la fourgonnette, même inconsciente – à moins que quelqu'un ne monte la garde. Alors, de quel côté du véhicule serait-ce le plus sûr ? Devant elle, elle entendit des voix. Accroupie derrière le siège du conducteur, elle étudia les trois hommes qui se disputaient. Deux d'entre eux étaient les kidnappeurs, l'autre qu'elle ne reconnaissait pas était trop loin pour qu'elle parvienne à le distinguer clairement. Une autre voix provenant de l'arrière de la camionnette parlait assez clairement pour qu'elle sache où il se trouvait, mais pas suffisamment pour discerner ce qu'il disait.

Ça devait être le gars qui assurait la surveillance. Une ombre passa devant la vitre côté conducteur alors qu'un type s'avançait. Elle s'enfonça plus bas derrière le siège alors qu'il criait aux autres à l'avant.

Elle connaissait cette voix.

L'horreur et l'indignation la firent vibrer. Mon Dieu ! Michelson. Que fichait-il ici ? La détestait-il à ce point ? Pour qu'il commette un acte pareil ? Vraiment ?!

Son esprit scanna ses souvenirs, cherchant quelque chose pour montrer qu'il avait été impliqué dans son enlèvement. Le fait qu'il soit physiquement ici signifiait qu'il l'était, mais pourquoi et que se passait-il d'autre ? Ses pensées tournaient en boucle sous le choc de cette révélation. Même en constatant les preuves devant elle, elle ne comprenait toujours pas. Elle ne voulait pas comprendre.

Bien sûr, ils avaient connu quelques accrocs professionnels, mais rien qui justifiait ça.

Michelson s'avança et tonna :

— Allons-y, on perd du temps !

Les deux kidnappeurs se retournèrent.

— Il n'était pas censé y avoir de meurtre, cria Steve d'un ton dur. Grant ici présent a dit que vous aviez tué quelqu'un.

Grant était-il le meneur ? Elle essaya de bien dévisager le quatrième homme.

— C'était censé ressembler à un suicide, mais je n'y suis pas parvenu, se justifia Michelson. Peut-être que c'est mieux comme ça.

— Pas si on nous attrape ! hurla Steve. Je n'ai pas envie

d'être mêlé à des accusations d'homicide. Je veux simplement un dernier coup pour pouvoir retourner dans l'Est.

— Trop tard. Farrow voulait faire marche arrière. Je ne pouvais pas le laisser filer, au vu de ce qu'il savait. D'ailleurs, quel est le problème ? Vous êtes en dehors de ça maintenant ! rugit Michelson. Nous devons partir. Elle ne va pas rester inconsciente longtemps.

Bon sang, elle ne souhaitait pas se retrouver de nouveau dans les vapes si elle parvenait à l'éviter. Elle se glissa à l'arrière du van pendant que les ravisseurs se disputaient à propos du fait qu'ils n'étaient pas assez payés pour une accusation de meurtre.

Elle ouvrit la porte sans bruit, son cœur battant la chamade au claquement du loquet, et se faufila dehors. Quand elle ferma la porte, il y eut une série de crachats durs.

Elle se figea. Puis elle se précipita vers le véhicule à proximité, ensuite vers le suivant. Elle se cacha sur le côté de la plus petite voiture et essaya de distinguer ce qui se passait. Mais sa vue était bloquée. Il y avait deux grands conteneurs de recyclage sur le côté. Si elle réussissait à les atteindre, elle serait en mesure de se faufiler dans l'entrepôt et de s'y terrer. Elle pouvait sûrement se perdre à l'intérieur.

Sans se donner la moindre chance de remettre en question son plan et sachant que les hommes allaient revenir à la camionnette à tout moment, elle se précipita vers les conteneurs à ordures et les contourna par l'arrière. Elle jeta un coup d'œil entre eux et vit que les gars se tenaient au-dessus de deux corps sur le sol. Merde ! Les kidnappeurs étaient morts. Michelson tenait une arme de poing de taille décente dans sa main droite. Même d'où elle était, elle était capable de remarquer le silencieux à l'extrémité.

Bon sang. Elle n'avait jamais vraiment connu cet

homme-là. Elle ne le reconnaissait plus.

Se déplaçant régulièrement, elle se faufila dans le hangar sombre et se tapit à l'entrée, dos au mur. Elle scruta autour d'elle pour étudier les murs d'étagères. Pleines de palettes et de boîtes, toutes les cachettes possibles à proximité semblaient être pleines. Elle devait trouver un endroit sûr, rapidement. Les types allaient bientôt se rendre compte qu'elle s'était échappée. Elle étudia la rue de l'autre côté du parking, mais il n'y avait pas de plaque de rue. Elle ne pouvait pas voir de noms sur les bâtiments non plus. Mais peut-être les gars parviendraient-ils à déduire quelque chose avec leur forme générale. Utilisant une nouvelle application avec laquelle elle et Mason avaient joué, elle prit rapidement plusieurs photos et les lui envoya. Puis elle éteignit le téléphone. Elle n'était pas sûre d'avoir Internet ici. Quoi qu'il en soit, sans batterie et sans réception, c'était une combinaison tout aussi mauvaise.

À l'extérieur de l'entrepôt, quelqu'un cria. Elle avait conscience que son temps était écoulé.

Elle avait besoin de bouger. Maintenant.

MASON SE DIRIGEA vers le camion garé dans l'allée de Michelson, son esprit s'agitant en relisant les textos que Tesla lui avait envoyés. Swede avait verrouillé sa position une fois que son téléphone s'était rallumé, mais l'avait vite perdue. Il y avait de fortes chances qu'elle l'ait éteint pour préserver sa batterie. Elle était dans une mauvaise posture pour la recharger.

— Elle nous a donné quelques noms pour avancer, mais seulement des prénoms. Donc elle ne connaît pas les hommes personnellement, et ils n'ont pas mentionné de noms de famille. Ce qui est normal. En tout cas, ils n'utilisent pas de pseudonymes. (Il s'arrêta et étudia les mots de Tesla, cherchant de nouveau une quelconque signification.) Au moins, elle a son portable et elle a réussi à libérer ses mains.

— C'est déjà ça, mais nous devons découvrir où ils l'emmènent, car elle n'aura peut-être plus ce téléphone très longtemps, dit Dane en s'agitant derrière Swede.

Hawk s'approcha.

— Il n'y a rien ici qui puisse désigner Michelson, mais sans vérifier les comptes bancaires et le reste de ses finances, il n'y a aucun moyen de savoir si quelque chose va se déclencher.

— Fais-le ! (Mason leva les yeux.) Et voyons si l'enquête sur Farrow a donné des résultats. D'après le commandant, c'est un coup monté de l'intérieur. Ces deux-là sont les coupables les plus probables, mais il faut aussi lancer une recherche sur le reste de son équipe.

— Le commandant nous tient au courant de son côté, lui rappela Swede. Concentrons-nous sur ces deux-là et laissons-lui les autres !

Le portable de Mason sonna. Il le consulta puis appuya sur l'icône et vit une image s'afficher. Il réalisa rapidement une capture d'écran de celle-ci, puis répéta l'opération à mesure que de plus en plus de clichés apparaissaient.

Puis les SMS commencèrent à venir.

— Elle s'est échappée, cria-t-il. Elle se cache maintenant dans un entrepôt. Michelson est là-bas. Il vient de tuer les kidnappeurs, ajouta-t-il avec étonnement, en considérant les hommes autour de lui. Mais elle ignore à quel point il est impliqué. Elle s'est faufilée à l'arrière du van et se trouve à l'intérieur d'un immense hangar. Les types savent qu'elle s'est enfuie.

Il regarda un autre texto qui arrivait et le lut à haute voix :

— « Je sais que les images ne sont pas beaucoup, mais c'est tout ce qu'il y a, s'il te plaît, trouve-moi. Je n'ai plus de temps devant moi. »

— Espérons qu'elle laisse son portable allumé assez long-temps pour qu'on soit en mesure de la suivre ! lança Swede.

— Merde ! chuchota Hawk. Tu parles d'une chance qu'elle soit libre, mais bon sang ! (Il se dirigea vers sa Jeep.) Envoie-moi les images par e-mail !

Mason lui adressa rapidement les quatre photos par e-mail, puis la moitié des hommes se regroupèrent autour de son téléphone et l'autre moitié autour de l'ordinateur portable de Hawk pour étudier les clichés.

— Une des voitures sur la gauche a un logo, dit Hawk. Et l'un des camions garés près des ordures a une plaque d'immatriculation.

— Je suis en train de chercher le logo, marmonna Dane, les doigts occupés sur sa tablette.

— Je lui réponds, annonça Mason, les doigts affairés sur le téléphone.

— Oui, intervint Swede. Je l'ai. Elle est dans la zone commerciale de Columbia.

Mason lui expliqua rapidement leur projet par message et lui demanda de rester cachée et en sécurité. Ils l'avaient localisée et étaient en chemin.

Sa réponse fut presque instantanée.

Cachée. La batterie se meurt.

Merde ! Merde ! *Merde !*

— Pas de GPS si le téléphone n'est pas allumé, déclara Hawk en lisant tranquillement les textos dans sa main. Dis-lui de le passer en mode économie d'énergie et de ne plus te contacter avant d'y être obligée ! Nous avons sa position.

— C'est fait, répondit Mason. Maintenant, allons-y !

— Allons-y !

Avec Dane au volant et Swede à l'arrière, ils s'éloignèrent de la maison de Michelson, Hawk les suivant de près.

— Nous avons besoin de quelqu'un ici au cas où il reviendrait, indiqua Dane.

Mason acquiesça.

— Je vais mettre le commandant sur le coup. Allez-y !

Et il partit. Dane aimait la vitesse, et, alors que Mason le regardait prendre les virages et se faufiler dans la circulation, ce dernier réalisa que Dane avait manqué sa vocation. Il aurait dû être pilote de course. Mais dans ce cas-là, il n'aurait pas été là pour assurer les arrières de Mason.

Et ça aurait été vraiment dommage.

CHAPITRE 6

ELLE REPRIT SON souffle et s'enfonça plus profondément dans l'ombre. Les connards arrivaient. Mason aussi, mais il était encore à des kilomètres de distance pour l'instant. Qu'allait-elle bien entreprendre maintenant ?! Elle étudia les étagères. Elle avait essayé de se hisser sur l'une des plus hautes, mais des cartons les remplissaient, et elle n'avait pas réussi à monter dessus. Les boîtes étaient grandes et pleines à craquer. Sa cheville la faisait souffrir… elle ne se rappelait même pas quand elle s'était blessée. Elle pouvait se mouvoir, mais pas courir ni sprinter. Ils la rattraperaient en un rien de temps.

Sur la gauche, elle aperçut une échelle. Elle grimpa rapidement jusqu'en haut, espérant qu'elle la mènerait à un deuxième étage. Elle arriva à une passerelle.

— Putain, elle est où ? rugit Michelson en bas. Merde, Tesla, montre-toi !

Et dans quel univers parallèle s'attendait-il à ce qu'elle lui réponde, celui-là ?! Il avait déjà tué Farrow. Et était probablement responsable des deux cadavres qui étaient à ses pieds plus tôt. Elle avait conscience qu'il avait encore des balles dans son chargeur pour lui tirer dessus. Elle n'allait surtout pas lui donner une telle occasion !

Son pas suivant la mena sur la passerelle au sommet de l'entrepôt. Cool. Elle essaya de marcher sans bruit sur toute la longueur pour ne pas dévoiler sa position. Elle avait besoin d'une meilleure cachette.

Elle avançait sur la pointe des pieds. Elle pouvait entendre les hommes en bas, mais ne parvenait pas à les distinguer. Elle continuait à progresser, en quête d'un endroit… n'importe quel abri qui la protégerait jusqu'à ce que Mason arrive.

Un gémissement suivi d'un juron l'incita à s'aplatir le long du mur et à retenir son souffle. *S'il vous plaît, ne les laissez pas me voir. S'il vous plaît.*

Les sirènes hurlèrent dans le parking. Elle sanglota de soulagement. Les flics étaient là.

Elle ferma les yeux et s'effondra sur place.

Elle était sûrement en sécurité désormais.

Puis elle entendit des coups de feu. Ses jambes tremblaient et son cœur s'agitait, en panique. Où était Mason ?! Avec l'arrivée des policiers, les deux hommes s'étaient réfugiés dans l'entrepôt. Elle n'était plus leur cible. Dieu merci ! Mais maintenant, il y avait une fusillade. Et ce n'était pas là qu'elle voulait être. Un autre tir. Elle prit une profonde inspiration et recula. Elle s'inquiétait moins des balles perdues que des types qui se précipitaient vers elle pour échapper aux flics et du risque qu'elle finisse comme otage. Elle avait envie d'échapper à ce cauchemar – de ne pas s'y laisser entraîner davantage.

Au bout de la passerelle, elle pouvait apercevoir l'arrière de l'entrepôt, sombre et silencieux. Rien ne bougeait.

Elle se demanda si elle allait essayer de se faufiler de nouveau. Peut-être devrait-elle se mettre en boule et attendre que les balles cessent de voler.

Les pieds des fuyards martelaient le sol du hangar. Les hommes s'enfonçaient plus profondément à l'intérieur. S'ils couraient jusqu'ici, elle n'aurait nulle part où aller.

Elle sprinta rapidement vers l'avant en s'éloignant d'eux. Cette fois-ci, elle s'inquiétait moins du bruit qu'elle émettait que de mettre plus de distance entre elle et le type qui grimpait rapidement à l'échelle. Elle pouvait l'entendre courir derrière elle. Sa cheville sur l'étrange surface quadrillée de la passerelle la ralentissait. L'échelle à laquelle elle était initialement montée se profilait devant elle. Elle allait sauter dessus quand une balle percuta le mur à côté de sa tête.

— Reviens ici ! ordonna l'inconnu d'une voix mortelle.

Sans avoir le choix, elle retourna sur la passerelle, consciente du fait qu'ils avaient l'attention des flics en bas.

— Que me voulez-vous ? cria-t-elle, le dos plaqué contre le mur. (Elle jeta un coup d'œil en bas, mais elle était trop haute pour voir grand-chose.) Je ne vous connais même pas.

— Michelson m'a promis ton programme !

— Quel programme ? Vous ne pouvez pas exécuter le mien sans avoir accès au système de défense militaire américain. Et ça, c'est impossible. Je me base seulement sur le programme existant.

— Tu mens ! (Il tendit le bras, l'attrapa et plaqua une main sur sa bouche avant de murmurer contre son oreille.) Ça n'a plus d'importance. Tu es mon ticket pour une vie meilleure.

En arrière-plan, elle entendait une voix amplifiée par un porte-voix qui leur demandait de baisser leurs armes et de se rendre.

— Non ! tonna-t-elle en se tordant pour réussir à parler. Je ne suis le ticket d'entrée de personne, nulle part !

Elle lutta pour se libérer, sachant que la sécurité était si proche, à sa portée. Il lui asséna un coup sur le côté de la tête qui fit sonner son cerveau. Elle s'effondra contre lui.

— Je ne suis pas en mesure de t'aider, lui chuchota-t-elle. Ils vont seulement te tirer dessus. Je ne suis personne.

— Pour Michelson, tu étais quelqu'un ! Quelqu'un qu'il détestait. Il n'était que trop disposé à s'occuper de toi.

— Alors, pourquoi ne m'a-t-il pas simplement fait assassiner dès le début ? Pourquoi tout ce bazar ? dit-elle, la voix terne, la tête hurlant encore de douleur.

— Il voulait te tuer, mais j'ai pensé qu'on devait te garder en vie assez longtemps pour s'assurer que ton programme fonctionne.

— Il fonctionne, mais vous ne pouvez pas en prendre une partie et le déplacer sur votre ordinateur. Ce n'est pas comme ça que ça marche.

Grant s'arrêta pendant un long moment.

— Et bien sûr, il était au courant, non ?

Elle acquiesça.

— Je travaillais à la maison parce que quelqu'un l'avait trafiqué, et j'avais besoin de comprendre ce que la personne avait fait et pourquoi.

— Donc tu l'avais déjà repéré ?

— Je savais que c'était quelqu'un de l'équipe. Mais j'ignorais si c'était Farrow ou Michelson.

— Michelson bossait pour moi. C'était en partie pour assurer ta collaboration avec lui. Il avait besoin de Farrow aussi, alors je l'ai engagé également. Jusqu'à ce qu'il essaie de faire marche arrière aujourd'hui et que Michelson le tue. (La voix de Grant devint pensive.) Pourrait-il avoir une copie de l'ensemble du programme comme il l'avait promis ? Ou tout cela n'a-t-il servi à rien ?

Son regard s'élargit, et elle se tordit pour réussir à le fixer en état de choc. Dans l'obscurité, il était difficile de correctement distinguer ses traits, mais elle aperçut des cicatrices sur son cou et ses mains, même si, avec le chapeau et les lunettes de soleil, elle ne parvenait pas à voir grand-chose d'autre. *Farrow était aussi impliqué ?*

— Euh, c'est possible. S'il a eu assez de temps.

— Depuis combien de temps y travailles-tu ?

Ses épaules s'affaissèrent.

— Plus de six mois.

— C'est assez long ?

— Ça l'est, à peine, acquiesça-t-elle, détestant réaliser que, selon toute vraisemblance, il aurait pu le faire lui-même.

Michelson était bon dans son travail et avait été motivé. Il avait dû planifier cette action longtemps auparavant, et six mois, ce n'était pas suffisant pour ça.

— Une fois que tu es montée à bord, il cherchait à quitter le navire dès qu'il pouvait conclure un bon deal.

— Et moi dans tout ça ?!

— Tu étais sur sa liste de cibles à la minute où tu es arrivée, ricana Grant. C'est le problème avec ce business. Peu importe à quel point vous êtes bon, quelqu'un d'autre est toujours meilleur.

— Tu l'as tué ?

— Michelson ?! (Grant secoua la tête.) Non, les flics effectuent le travail pour moi en ce moment même.

— C'est dommage. Je pense qu'il est le seul à être au courant de ce qu'il a fait, songea-t-elle. Peut-être essaie-t-il même de te vendre son programme à la place.

Il y eut un silence. Puis Grant opina du chef.

— Tu sais que tu pourrais avoir raison. Il a mentionné deux programmes. J'ai commandé le meilleur. Mais ce serait tout à fait son genre de me donner le moins bon, renifla Grant. Il t'a piégée. J'aurais bien essayé de t'arracher l'information, mais tu ignores probablement comment t'en occuper. (Il la fixa du regard.) Tu aurais été torturée pour des renseignements que tu es incapable de fournir, et il aurait fini par arranger ça – en le remettant au sommet de sa carrière. Et tu serais morte d'une agonie lente et triste.

Le même rire méchant s'échappa de sa bouche.

— Il doit vraiment te détester.

SUR LA ROUTE, Swede maintint le flux d'informations tout en se coordonnant avec les autres.

— Michelson est dans ce département depuis huit ans. Il avait développé un programme pour l'armée, mais n'avait pas réussi à le terminer quand Tesla est arrivée et a remplacé son programme par le sien.

— Cela a certainement provoqué de la colère et de la jalousie en lui alors, murmura Mason. Mais assez pour vouloir l'éliminer ?

— En réalité, je comprendrais mieux s'il l'avait éliminée. C'est le comportement de quelqu'un de jaloux au point d'être aveugle.

— Vrai. Mais les gens envieux ont aussi pour habitude de faire payer leurs torts à leur adversaire. Alors, qui sait ce qu'il a prévu pour elle ? demanda Dane en prenant la bretelle de sortie de l'autoroute.

— Les flics sont à l'entrepôt, annonça Swede.

Mason serra sa mâchoire. Il souhaitait être là lui-même.

— Tu devrais lui poser la question dès qu'on l'aura trouvée, suggéra Swede en lui rappelant la bague dans sa poche. Au cas où on l'enlèverait encore et que tu raterais quelque chose.

Il l'avait dit avec humour, mais il y avait quand même un sérieux sous-entendu.

— Peut-être devrais-je lui mettre une chaîne à la cheville et la garder à la maison, marmonna Mason, détestant qu'elle ait été kidnappée.

Swede ricana.

— Comme si ça allait marcher.

Mason soupira.

— Elle fera toujours ce qu'elle pense être juste. Et cela signifie concevoir ces programmes pour nous aider.

— Dieu merci, c'est vrai, acquiesça Dane avec un sourire. Elle est en train de sauver nos fesses en ce moment.

— Maintenant, nous devons simplement lui retourner la faveur.

Ils s'arrêtèrent sur le parking de l'entrepôt. Une demi-douzaine de voitures de police entourait l'entrée d'un grand bâtiment gris à deux étages.

Et les flics étaient dehors, accroupis derrière leurs véhicules, les armes dégainées.

Des coups de feu remplissaient l'air.

CHAPITRE 7

ELLE PATIENTA, LE corps tendu. Il y avait peu de choses qu'elle était en mesure d'entreprendre alors qu'elle se trouvait littéralement sur un podium avec un pistolet sur la tempe. Comment cette journée avait-elle pu partir en couille aussi vite ? Elle gémit silencieusement.

— Maudit Michelson !

— Oui, je suis du même avis. Je serais déjà à la maison en train de me détendre si tout s'était passé comme prévu.

La voix de Grant était distraite, comme s'il cherchait une porte de sortie.

— C'est vrai, j'aimerais bien. J'aimerais aussi qu'il y ait une pénurie de gars comme Michelson.

— Des gars comme moi, je présume ?! ricana-t-il. Tu n'étais pas censée être blessée, si ça peut te rassurer.

— Je l'ai été pourtant, n'est-ce pas ?

Elle détestait le fait qu'un deuxième membre de son équipe soit prêt à risquer sa vie pour l'entuber.

— Michelson a toujours prévu que je meure d'une manière très désagréable. Il n'y a rien de gentil là-dedans.

— Exact. (Il la poussa à genoux.) Reste là !

Elle se figea quand elle l'entendit se relever. Parviendrait-elle à s'enfuir ? Il aurait une vue dégagée sur l'échelle. Elle prendrait une balle dans le dos à coup sûr. Peut-être deux, et ensuite une chute. Ses chances étaient nulles. Elle attendit puis se retourna pour regarder derrière elle. Et se retrouva seule sur la passerelle.

Quoi ?

Comment avait-il disparu comme ça ?

Elle scruta par-dessus la balustrade. Une grêle de coups de feu explosa en dessous. Avec un cri de stupeur, elle recula et s'accroupit contre le mur du fond. Lorsque les tirs cessèrent, le silence s'installa. Elle frissonna. Il y avait plusieurs flics dehors. Elle devait croire que certains d'entre eux étaient en vie et en bonne santé. Et qu'au moins un méchant avait été abattu.

— Tesla ?

Elle se redressa. Oh, mon Dieu ! C'était la voix de Mason.

Elle jeta un œil par-dessus la balustrade pour le voir se tenir légèrement caché à l'intérieur de l'entrée. Mais si elle pouvait le voir, alors les types à l'extérieur en étaient capables aussi.

— Mason, qu'est-ce que tu fais ? siffla-t-elle.

Il fronça les sourcils et lui signifia du doigt qu'elle devait se baisser. Ah ! Comme si c'était si facile.

Elle se précipita en bas de l'échelle.

— Michelson. Je suis en bas, si tu veux me tuer, viens et fais-le toi-même ! lança-t-elle. Laisse ces hommes tranquilles !

Un tir la manqua de peu. Mason la traîna sur le côté, hors de danger.

— Ou pas, cria-t-elle. Sois un lâche ! C'est tout ce que tu es. Pas moyen que tu sois militaire. Tu n'es qu'un connard sans cervelle !

D'autres coups de feu furent tirés, mais elle ne put rien dire alors que Mason l'embrassait. Elle enlaça ses bras autour de sa tête et s'y accrocha.

— Pourquoi as-tu toujours des problèmes quand tu es seule ? murmura-t-il, ses mains parcourant doucement son dos. Ne sais-tu pas combien je t'aime, combien je serais perdu sans toi ?!

Elle rayonna et se tourna vers lui.

— Et je t'aime aussi. Peut-être devrait-on…

— Vous voilà ! s'exclama Swede en s'approchant. Hawk a mis Michelson à terre. Il est blessé, mais vivant.

— Bien. Je dois découvrir ce que ce connard a modifié dans mon logiciel.

Elle sourit à Swede. Puis elle se détacha de Mason et jeta ses bras autour de son cou.

— Merci d'être venu à ma rescousse !

— Hé ! protesta Mason derrière elle. Je n'ai pas droit à un merci ?!

Elle s'esclaffa.

— Tu auras plus qu'un merci !

Il sourit et la tira dans une étreinte.

— Et si tu restais en dehors des problèmes, pour une fois ?

— Mais tu fais si bien le sauvetage du chevalier blanc ! cria-t-elle. Et je n'ai pas *essayé* de m'attirer des ennuis.

Il l'accompagna jusqu'au camion, et ce fut alors qu'il remarqua qu'elle boitait.

— Que s'est-il passé ?

Il l'aida à s'asseoir sur le siège du passager avant pour pouvoir l'examiner.

— Tu as une entorse.

— Je sais. Je suis désolée. Je ne suis pas sûre du moment où c'est arrivé, dit-elle en fronçant les sourcils alors qu'elle fixait deux hommes inertes. Tant de morts, et pour quoi ?

— Raconte-moi ! lança Swede derrière eux. C'est Michelson qui t'a fait ça ?

— Oui. Avez-vous capturé Grant ? demanda-t-elle. C'est lui qui a engagé les deux types pour me livrer ici.

— Grant ?! (Mason leva les yeux vers Swede.) Non, je n'ai vu personne d'autre.

Elle donna une brève description. Swede se précipita vers Hawk qui remettait un Michelson blessé aux flics. Pendant qu'elle l'observait, ils prirent tous les deux la fuite dans l'entrepôt.

— Il est armé, hurla-t-elle. Je dois parler à Michelson.

Avec le concours de Mason, elle mit lentement son poids sur son pied, et il l'aida à marcher vers l'endroit où Michelson était allongé sur le sol, deux flics à ses côtés.

— Pourquoi ? l'interrogea-t-elle à voix basse, son regard sur la chemise ensanglantée et la mare de sang sous lui. Et cela en valait-il la peine ?

Il gémit.

— Je ne voulais pas que ça aille si loin. Mais tu as encore tout gâché.

— Moi ?! J'ai tout gâché ? cria-t-elle en colère. Je ne t'ai rien fait !

— Mon programme était celui que l'armée cherchait à acheter avant que tu n'arrives. Il valait des millions. Je n'ai pas envie de passer le reste de ma vie dans le service actif. J'allais prendre ma retraite avec mon gros compte en banque, mais tu as ruiné tout ça ! grogna-t-il avant de gémir lorsque la douleur le frappa. Salope !

— Et Grant ?

— Quoi ?

Mais son souffle était plus faible, presque haletant.

— Que voulait-il avec le programme ?

— Ce n'était pas le tien qu'il recevait, c'était le mien. Je lui ai dit que tu devais corriger des parties du code où il manquait une mesure de sécurité. Il m'a cru. (Il afficha un sourire haineux.) Seulement, tu ne connais pas le programme et n'aurais pas été capable de réparer quoi que ce soit.

— Alors, j'aurais été torturée à mort, ajouta-t-elle à voix basse. Merci pour rien…

Elle pivota et partit en clopinant, Mason à ses côtés.

Il y eut une étrange toux, puis une seconde quinte suivie d'un bruit de crécelle encore plus bizarre. Elle s'arrêta et baissa la tête. Elle sut avant de se retourner que Michelson était mort. Même si elle détestait ce qu'il avait fait, elle n'avait pas souhaité sa mort pour autant.

MASON PASSA UN bras autour de ses épaules, il avait mal pour elle. La trahison était pire que tout. Il n'aurait jamais voulu la perte de ses ennemis, mais il n'arrivait pas à s'empêcher de souhaiter avoir disposé de quelques minutes seul avec Michelson avant cela.

Il l'aida à remonter du côté passager du camion de Dane, puis l'embrassa.

— Reste ici !

Elle hocha la tête, et il retourna voir les flics pour confirmer que Michelson était mort. Il sortit le portefeuille de l'homme et renseigna la police sur l'autre gars qui s'était enfui ainsi que sur le meurtre de Farrow. Le portefeuille de Michelson révéla peu de nouvelles informations. Mason effectua une recherche rapide dans les poches du défunt et trouva ses clés de voiture. Il appuya sur le bouton et aperçut une compacte garée sur le côté. Avec un policier à ses côtés, ils ouvrirent et fouillèrent le véhicule.

Le coffre était vide à l'exception d'un petit sac de voyage.

À l'intérieur, du côté du conducteur, il y avait une tasse à café, un carnet et plusieurs morceaux de papier détachés. La valise contenait une petite tablette.

Mason sourit. Maintenant, ils pourraient peut-être trouver quelque chose d'utile. La vie de chacun était numérique. Il retourna vers Tesla. Son visage s'éclaira, et elle tendit la main vers la tablette.

— Des nouvelles de nos amis de l'intérieur ? demanda-t-elle en l'allumant.

— Non, pas encore.

Il l'étudia, remarquant l'affreux bleu sur sa joue, l'enflure autour de son visage. Les cheveux sales et emmêlés. Mais son attention à elle était uniquement portée sur la tablette.

— Comment te sens-tu ?

Elle leva les yeux au ciel, surprise. Elle vit son inquiétude et lui sourit.

— Je vais bien. Tu m'as encore sauvée… juste à temps.

— C'est la partie *juste à temps* qui me donne des cauchemars, marmonna-t-il.

Il ne parvenait pas à garder ses mains loin d'elle. Il caressa ses cheveux, son épaule, serra sa main, puis tapota son genou. Comme s'il n'arrivait pas à croire qu'elle était en sécurité, même maintenant.

Elle glissa sa main dans la sienne et la tira en avant pour pouvoir le regarder dans les yeux.

— Je vais bien.

Il laissa tomber son front pour s'appuyer sur le sien et ferma les paupières.

— Tu es même plus que bien.

Ses lèvres se pressèrent contre les siennes pendant un long moment, puis elle dit :

— Vas-y ! Je suis sereine ici. Il y a des flics tout autour

de moi. Trouve Grant ! Alors, nous aurons la certitude que tout ça est vraiment terminé.

Après un baiser puissant, il pivota pour rejoindre la traque, sa main tripotant l'écrin dans sa poche. Il se demandait… aurait-il dû déjà lui demander ? Puis il se concentra sur la chasse. Même si ce salaud était probablement disparu depuis longtemps, ils devaient quand même retourner chaque pierre au cas où. C'était la seule façon de mettre un terme à tout ça.

Tesla avait remarqué son visage. Et des hommes étaient morts. Tout cela représentait une lourde peine de prison à affronter. Il serait beaucoup plus facile de tuer la seule femme susceptible de l'identifier.

Il serra la mâchoire et se jura d'abattre ce bâtard avant qu'il n'ait une chance de réessayer.

CHAPITRE 8

E LLE TAPOTA SUR la tablette de Michelson à la recherche d'un accès aux e-mails et, espérait-elle, de notes sur ce qu'il avait fait et prévu de faire. Elle n'imaginait pas qu'il serait passé si facilement à l'acte, mais qui savait réellement ce dont quiconque était capable ?

Il y avait beaucoup de travail devant elle pour vérifier les traces de Michelson, des mois de boulot. Rien que la pensée de tout ce qu'il aurait pu commettre lui donnait la nausée. Et pour quelle raison ? Jalousie professionnelle ?!

Essayant de bloquer ce qui se déroulait devant elle, elle se recentra sur la tablette et vérifia ses programmes et ses connexions. Il n'y avait pas grand-chose. Elle avait besoin de son ordinateur portable. Certaines tablettes étaient des machines puissantes, mais celle-ci était loin de ce qu'elle était en mesure de s'attendre de sa part. Elle avait plusieurs appareils et soupçonnait qu'il en avait aussi. Mais s'il n'y avait rien dans sa maison ou au travail ni dans sa voiture, quelle était la chance que Grant l'ait ?

Et saurait-il comment exploiter les informations qu'il contenait ?

Si le gouvernement américain avait considéré le projet de Michelson, celui-ci était à un niveau assez élevé pour intéresser Grant. Il pourrait toujours trouver d'autres personnes pour le peaufiner. Il y avait de bonnes chances qu'il ait déjà une demi-douzaine de geeks travaillant pour lui. Ajoutez à cela six mois de travail de Michelson à ses côtés durant lesquels elle commençait tout juste à s'ouvrir à son activité… et il avait eu accès à trop d'informations vitales. Il n'avait pas eu besoin de copier ou de voler quoi que ce soit. Avec suffisamment de délais, il était capable de tout recréer.

Heureusement, il n'avait pas disposé d'assez de temps.

Mais combien avait-il versé à Grant ? Elle avait souhaité qu'ils obtiennent des réponses avant que Michelson ne meure.

Pensait-il toujours qu'elle était importante pour le succès du programme ? Ou allait-il fuir dans les bois et disparaître ? Bien qu'il ait été l'acheteur et qu'il n'ait tué aucun des hommes ici, il avait riposté aux tirs de la police, alors peut-être s'agissait-il en réalité d'une tout autre histoire.

Et elle l'avait vu – dans l'ombre seulement et pas assez clairement pour être capable de l'identifier… sauf pour ses cicatrices, mais en avait-il conscience ? Et pouvait-il vivre avec ?

Peut-être pas.

Il avait l'air d'être le genre de gars à nettoyer derrière lui, à mettre les points sur les i et les barres aux t.

Malheureusement.

MASON JETA UN coup d'œil à l'arrière du deuxième entrepôt. Cette partie était énorme, et il y avait un grand nombre d'endroits où ce type était susceptible de se cacher. Il y avait des dizaines de policiers à la recherche de l'homme disparu, mais ils avaient déjà vérifié cette zone-ci.

Aucun bruit ne provenait de l'intérieur de l'immense bâtiment. La police avait rapidement vidé les entreprises de toute personne, et désormais, il y avait une grande foule debout derrière le ruban jaune, tout au fond. Et il devait se demander si ce n'était pas en réalité la meilleure façon de se planquer. C'est ce qu'il ferait, lui, en tout cas. Se glisser dans la foule, se fondre dans la masse. Qui saurait jamais qui il était vraiment ?

Ses yeux balayèrent l'attroupement. Il prit son téléphone, et contacta Shadow qui venait d'arriver et se dirigeait vers Tesla. Un sourire se dessina sur son visage alors qu'il regardait la femme qu'il aimait jeter ses bras autour de Shadow et se faire serrer dans son étreinte puissante. Qui aurait cru que tant de personnes différentes étaient capables de se mêler à une grande famille comme ils l'avaient fait ? Cela lui faisait du bien de voir cela.

— Qu'est-ce qui ne va pas ? l'interrogea Shadow.

— Son téléphone portable est mort, donc je ne peux pas l'appeler, dit Mason. Demande-lui de fouiller le public ! C'est un endroit parfait pour que ce salaud s'y cache. (Mason hésita puis ajouta :) Et je ne doute pas que je n'ai pas besoin de le préciser, mais ne la quitte pas, au cas où il arriverait par-derrière !

— Je m'occupe d'elle, grogna Shadow. Mais nous devrions changer de place.

— Mason, cria Tesla dans le téléphone de Shadow. Je vais bien. Arrête de t'inquiéter !

Shadow rit.

— Vas-y ! Je vais monter la garde.

Mason raccrocha et sut qu'il avait fait ce qu'il pouvait. Il y avait peu d'hommes aussi mortels que ses amis. Si ce connard s'en prenait encore à Tesla, il aurait la surprise de sa vie.

Quelque chose bougea dans l'obscurité derrière lui. Mason esquissa un sourire féroce et partit à la chasse.

CHAPITRE 9

— Tu n'as pas à attendre ici avec moi, Shadow. Tu devrais aider Mason à trouver Grant.

Shadow lui lança un regard, mais ne prit pas la peine de répondre.

Elle soupira.

— C'est vrai. Tu es de garde. (Elle adressa un signe aux policiers désormais entourés de véhicules de la police scientifique.) Cet endroit est rempli de forces de l'ordre en ce moment. Je suis en sécurité.

— Et c'est une occasion parfaite pour cet homme de te trouver ! Après tout, qui le chercherait si près ?

— Ce serait un geste audacieux de sa part, mais c'est possible.

Shadow tendit le bras, saisit la tablette de sa main et fit signe au public rassemblé.

— Mason veut que tu surveilles ces gens et que tu t'assures que Grant ne se cache pas dans l'assistance.

— Oh, je n'ai jamais pensé à ça ! (Elle pivota et étudia les visages qui la fixaient.) C'est bizarre d'être regardée comme ça, marmonna-t-elle. Et Grant ne se serait-il pas enfui s'il était arrivé jusqu'à la foule ?

— Possible, mais peut-être cherche-t-il encore un moyen de t'atteindre.

Ses mots lui donnèrent des frissons et firent frémir son

âme.

— C'est le genre de type qui engagerait quelqu'un pour me tuer, répondit-elle. Et il a beaucoup d'argent pour cela.

— Comment le sais-tu ?

— Il porte l'une de ces grosses montres fantaisie qui ressemblent à un ordinateur. J'avais envie de la voir de plus près, mais ce n'était pas quelque chose que je pouvais vraiment évoquer.

— Est-ce possible ? l'interrogea Shadow. Pas un ordinateur entier, sûrement.

— Non, confirma-t-elle lentement. Mais il y a beaucoup d'avancées dans ce domaine-là, et il semblait être à la pointe. (Elle fronça les sourcils et y réfléchit davantage.) En fait, c'est très avant-gardiste, car il s'agissait probablement d'un prototype.

À ce moment-là, Shadow se retourna pour la regarder fixement.

— Combien d'entreprises auraient ce genre de capacité ?

— Dans le monde, peut-être une douzaine. Dans ce pays, c'est difficile à dire, car personne ne sait vraiment ce qui est en développement. Ce sont tous des secrets bien gardés. Mais… (Elle considéra les sociétés qu'elle connaissait.) Peut-être trois ou quatre.

— Donne-moi des noms. Voyons ce qu'ils font et si on parvient à retrouver ce mec !

— Nous avons besoin de son visage.

Dane s'approcha, un ordinateur portable à la main.

— Reconnais-tu ce type ?

Elle fixa l'image granuleuse.

— Oui, c'est lui, du moins le chapeau, les lunettes de soleil et la forme du visage ont la même apparence ! s'exclama-t-elle, ravie. Où as-tu eu ça ?

— L'entrepôt a des caméras de sécurité. (Dane fit un signe de tête de satisfaction.) Faisons circuler ça dans tous les aéroports, les gares et les stations de bus !

— Il ne peut pas vivre bien loin d'ici, car il a indiqué qu'il aurait déjà dû être chez lui, ajouta-t-elle. Il est possible qu'il essaie un autre endroit, mais il n'avait pas envie de se salir les mains et il ne veut pas non plus se donner trop de peine.

— Alors, pourquoi était-il là lui-même si c'est le cas ? demanda Shadow. Il aurait sûrement eu plus d'hommes avec lui ?

Elle haussa les épaules.

— Je pense que Farrow et Michelson étaient censés être ses gars, ici. Bien qu'il soit susceptible d'y en avoir d'autres autour. Il y avait beaucoup de coups de feu, admit-elle. Mais peut-être était-ce une affaire privée qu'il n'imaginait pas voir exploser. Michelson n'était pas le plus stable, et une fois qu'il avait tiré sur Farrow, je crois que Grant était un peu désespéré.

— Ils n'avaient pas non plus prévu que Tesla s'échapperait, ce qui a aggravé leurs problèmes, ajouta Dane. Il pourrait s'enfuir n'importe où.

— Je me suis dit que la Californie était son lieu d'attache. Ou peut-être était-ce *un* lieu d'attache. Mais pourquoi rester là s'il a d'autres options ? Et si l'une d'elles consistait à changer son apparence ? (Dane fronça les sourcils en regardant l'image sur l'écran.) Le chapeau et les lunettes de soleil ne nous laissent pas distinguer grand-chose. L'as-tu vu de près ?

Elle secoua la tête.

— Pas vraiment. Il était soit au loin, soit derrière moi. Et quand j'ai réussi à le voir de près, je n'ai pu apercevoir que son cou et son menton, car il est beaucoup plus grand que moi.

— Il aurait l'air très différent sans les lunettes et la casquette. (Son regard se tourna vers la foule, toujours en train d'observer.) Ce qui signifie aussi que je ne saurais pas s'il était là ou pas.

— Sauf pour la montre, lui rappela Shadow. Ce n'est pas quelque chose auquel il aurait probablement songé.

— À moins qu'elle ne ressemble à la montre de quelqu'un d'autre… intervint Dane. Alors, ça n'aurait pas d'importance.

— D'une certaine manière, c'est une montre ordinaire à première vue, mais avec pas mal de technologie supplémentaire, expliqua-t-elle. J'envisageais moi-même un développement dans ce domaine et j'ai reconnu ce qu'il avait au poignet.

— Et il n'a jamais envisagé que tu le reconnaîtrais ou que tu comprendrais ce que tu as remarqué ? s'intéressa Shadow en fronçant les sourcils.

— Ni qu'elle s'échapperait, leur rappela Dane. S'il était aussi arrogant qu'il semble l'être, il supposerait qu'elle n'aurait de toute façon jamais l'occasion d'en parler à qui que ce soit.

— Pas l'occasion de dire quoi à qui que ce soit ? grogna Mason derrière eux. Aucun signe de personne. Ils élargissent le périmètre, mais ils présument qu'il a échappé à leur filet.

— D'accord, acquiesça Tesla. Alors maintenant, que fait-on ?

MASON N'AVAIT PAS de réponse. Il voulait trouver ce gars coûte que coûte. Jusqu'à ce qu'il soit attrapé, il n'y avait aucune chance qu'il laisse Tesla tranquille.

— Nous avons besoin de fouiller à fond la vie de Michelson. Il doit y avoir une piste menant à Grant, quelque part.

Il étudia l'image que Dane lui montrait.

— C'est très indescriptible.

— À l'exception des cicatrices sur son cou et ses doigts. Je devrais être en mesure de faire un croquis de la montre de base, ajouta Tesla, expliquant ce qu'elle avait vu à Mason. Si nous parvenions à la retrouver…

— Combien de temps cela prendrait-il ? demanda Shadow. J'ignorais que tu étais une artiste.

Elle renifla.

— Je n'en suis pas une, mais ça fait très gadget techno. (Elle chercha du papier à l'avant du camion.) On peut rentrer à la maison ? Je crois me souvenir d'une image que j'avais sauvegardée sur Internet. Si j'arrivais à avoir un dessin de départ, je pourrais éventuellement le compléter à partir de ce que j'ai vu.

— Et la société qui a fabriqué celle à laquelle tu penses – aurait-elle le prototype ?

— C'est possible, dit-elle en étouffant un bâillement. Mais comme mon téléphone, ma batterie est usée et a besoin d'être rechargée. Je vais faire une sieste pendant que nous roulons, puis je retrouverai l'image que j'ai enregistrée en rentrant à la maison.

— C'est si facile que ça ? plaisanta Dane. Je vois toutes sortes de choses sur Internet, mais trouver la même chose deux fois – pas vraiment.

— C'est copié dans mes notes pour une consultation ultérieure.

Comme les visages des hommes s'illuminèrent, elle ajouta :

— Mais ma mémoire est susceptible de me jouer des tours. Cela pourrait ne pas ressembler à ce dont je me souviens. (Elle bâilla de nouveau.) Désolée, mon énergie est sérieusement épuisée. J'ai besoin de fermer les yeux et de me reposer urgemment.

— Rentrons à la maison, et ensuite, nous aviserons ! proposa Mason.

Tandis que les hommes se séparèrent pour rejoindre leurs véhicules, Mason s'installa sur le siège conducteur du camion de Dane, et ce dernier monta à l'arrière. Il s'agitait sur son ordinateur portable.

Mason jeta un coup d'œil à Tesla pour la voir déjà appuyée contre la portière du passager en train de somnoler.

Tant mieux. Elle avait besoin de repos. Et en conduisant prudemment, il la ramena chez elle, là où elle devait être.

CHAPITRE 10

ELLE SE RÉVEILLA dans son lit. Avec un sourire heureux, elle se retourna pour trouver la place à côté d'elle vide, avec le soleil de l'après-midi au-dessus de sa tête. Elle avait dormi pendant au moins une heure. Peut-être plus. C'était suffisant. Elle se sentait merveilleusement bien. Elle s'assit et réalisa qu'elle était nue et protégée par une couverture légère. Mason la choyait encore. Elle lui rendrait la pareille un autre jour.

Elle prit d'abord une douche rapide. Ensuite, elle s'habilla et descendit. La cuisine était occupée avec Mason et leurs amis, mais elle fit un détour par la table de son ordinateur portable. Elle avait oublié pendant un instant que celui-ci avait disparu. Il faudrait qu'elle demande à Mason de vérifier s'il était réapparu. C'était irritant, mais pas un problème majeur. Elle en avait deux de rechange. Elle en sortit un de l'armoire et le connecta. Une fois qu'il eut démarré, elle se rendit dans son stockage hors site et étudia l'image de la montre qu'elle avait gardée.

Elle était similaire. Bleue, pas noire. Le bord était plus épais que celui de la montre qu'elle avait vue. Elle l'imprima, prit un crayon pointu et se mit au travail. Il lui fallut dix minutes pour extraire l'information de sa mémoire. Quand elle eut terminé, elle se leva et, sentant l'odeur du café frais, apporta le croquis aux hommes.

— C'est le mieux que je puisse faire, annonça-t-elle en le tendant à Mason avant de se diriger vers la cafetière.

Elle se retourna, une tasse pleine à la main, et appuya sa hanche contre le comptoir pendant que les hommes étudiaient le dessin.

— Ce n'est pas d'une grande aide, n'est-ce pas ?

— Connais-tu la société qui commercialise ta montre initiale ?

— Goldsmith. Une énorme entreprise de bijoux.

— Donc elle aurait été vendue au détail à quelqu'un ?

Elle hocha la tête.

— Le producteur s'appelle Merrymore, un fabricant de montres pour hommes.

Dane avait son téléphone à la main.

— Je vais les traquer.

Il se leva et alla dans l'autre pièce. Elle prit une gorgée de café.

— Je pensais à GMB. C'est une société informatique qui a été rachetée par Bernstein Inc. Et qui conçoit déjà des prototypes informatiques, mais ils possèdent aussi beaucoup de filiales. (Elle haussa les épaules.) Peut-être faudra-t-il les vérifier.

— Nous le ferons, déclara Mason.

Shadow étudia l'image devant lui, puis dit :

— Il me semble avoir vu quelque chose comme ça.

— Où ça ? demanda Tesla.

Shadow secoua sa tête.

— Je ne suis pas sûr…

Mason s'approcha, attrapa le croquis avec sa main et jeta un autre coup d'œil.

— Je pense n'avoir jamais vu un truc pareil.

— C'est assez avancé, indiqua Tesla. Mais il existe des

prototypes depuis des décennies. (Elle regarda Mason.) Tu crois que c'est prudent de dormir ici ce soir ?

— Non, ça ne l'est pas, répondit Shadow, ne laissant pas à Mason la possibilité de parler. Il sait qui tu es et où tu vis. (Shadow prit l'image de la table en ajoutant :) Si ce marché valait beaucoup d'argent, il s'en prendrait sûrement à toi !

— Je suppose qu'il est plus préoccupé par le fait d'éviter une accusation de meurtre, éluda Tesla. Il n'avait pas du tout l'air emballé par cette idée.

Dane entra en courant dans la pièce.

— Je crois que je l'ai !

Tout le monde se pressa autour de lui dès qu'il s'assit.

— Bergman a organisé un concours il y a quelques années où ils offraient un grand prix à quiconque parviendrait à concevoir la prochaine montre high-tech. (Il présenta une lettre.) Le concours s'appelait « Passez au niveau supérieur ».

— Je m'en souviens, déclara Mason. Il y a eu un grand battage médiatique à ce sujet. Certains des dessins étaient magnifiques.

— Alors, qu'en pensez-vous ? Que Grant était l'un des concepteurs qui a soumis un projet ? proposa Tesla. Ou qu'il pourrait faire partie de la société qui a acheté l'un des concepts, et dans ce cas, comment cela nous aide-t-il ?

— Cela nous aide si on arrive à trouver ce qui est arrivé aux meilleures conceptions. Qui étaient les créateurs, quelle entreprise a acquis le modèle gagnant, parce qu'ils l'ont évidemment développé davantage ?

— C'est donc par là que nous allons commencer, dit Mason. J'aimerais que ce type soit mis en prison avant la tombée de la nuit.

Après cela, les hommes s'assirent à la table de la cuisine, chacun avec un ordinateur portable, et s'adonnèrent à leurs recherches. Tesla retourna à son bureau pour commencer à fouiller dans son travail afin de voir ce que Michelson avait fait.

Avec sa porte ouverte, elle parvenait à entendre les hommes murmurer derrière elle. Elle regarda par la fenêtre, l'esprit occupé par tout ce qu'elle avait vécu. Elle était encore fatiguée. Et toujours inquiète. Mais elle était tellement heureuse d'être à la maison !

Elle voulait aussi en finir avec ça. Elle se perdit rapidement dans son activité et n'en sortit pas jusqu'à ce que Mason pose une main sur son épaule, la faisant sursauter. Elle bondit de sa chaise et se retourna en poussant un petit cri.

— Doucement Tesla, ce n'est que moi !

La main sur sa poitrine, elle laissa échapper une bouffée d'air et fixa Mason, sans mot dire, sous le choc.

Il ouvrit ses bras.

Elle courut vers lui. Quand ses bras se refermèrent sur elle, elle se blottit contre lui. Les larmes brûlaient l'arrière de ses paupières alors qu'elle essayait de les retenir.

— Doucement, ma chérie, murmura-t-il contre sa tempe. Tout ira bien.

Le souffle chaud de sa voix effleura son visage et la baigna d'un réconfort apaisant.

— Je sais, chuchota-t-elle. J'aimerais simplement que ce soit terminé.

IL LUI FROTTA doucement le dos et répondit :

— Ce le sera bientôt.

Elle recula pour le regarder en face et lui demanda :

— Est-ce que c'est vrai ? (Elle secoua la tête.) Et s'il quittait le pays ?

— Dans ce cas, il y aurait de fortes chances qu'il ne revienne pas avant un bon moment, indiqua Mason. Et bien que j'aime cette idée, je préférerais de loin l'avoir derrière les barreaux pour qu'il ne puisse pas s'en prendre à toi plus tard.

— C'est l'incertitude qui est difficile, marmonna-t-elle. Attendre que quelque chose se passe.

— Au moins, j'ai récupéré mon camion, on est de nouveau mobiles. (Il déposa un baiser sur son front.) Nous irons jusqu'au bout, ne t'inquiète pas !

Il entreprit de retourner à la cuisine puis s'arrêta et ajouta :

— Les gars commencent à avoir faim. Et toi ?

Elle rit.

— C'est bon de savoir que tout est normal là-bas, lança-t-elle. Et oui, j'ai faim, je n'ai pas mangé de la journée.

— On va arranger ça, répliqua-t-il.

En franchissant le seuil de la porte, il déclara :

— Je te ferai savoir quand ce sera prêt.

Il retourna dans la cuisine.

— Un peu de chance ?

— Oui, peut-être, répondit Dane. La deuxième place était occupée par un jeune de 18 ans. (Il fit pivoter l'ordinateur portable pour que tout le monde soit en mesure de le voir.) Il a un grand frère avec un casier judiciaire.

— Voler des secrets militaires, c'est grave. Et qu'est-ce que ça a à voir avec le concours ?

— Le fait est, continua Dane, que le gamin n'est plus un gamin et qu'il travaille maintenant pour l'une des plus grandes sociétés informatiques du monde.

— Alors, comment le grand frère s'intègre-t-il ? demanda Mason. Utilise-t-il le travail de son petit frère pour réaliser de plus gros et de meilleurs scores ?

— L'aîné est allé en prison pour fraude, usurpation d'identité et autres petits délits. (Dane étudia les notes.) La dernière fois qu'il est apparu, c'était il y a sept ans. Il est resté tranquille et clean depuis, ou a réussi à rester sous le radar tout en développant de meilleures compétences. Le concours était… voyons voir… il y a quatre ans.

— Aurait-il eu l'intelligence d'entrer dans la grande criminalité ?

— Je pense que oui, si l'occasion s'est présentée. S'il avait guidé la carrière de son frère, il pourrait en profiter pour leur bien à tous les deux.

Shadow étudia le visage du jeune homme sur l'écran.

— Le gosse est peut-être impliqué ou bien il n'a peut-être pas voulu suivre la vie de criminel de son frangin, mais il n'a probablement pas eu le choix. (Il se détourna.) L'aîné serait aussi en mesure de faire cela à l'insu du petit. Avons-nous une photo du frère aîné ?

— Il y en a une, confirma Shadow. Elle date d'il y a sept ans.

Mason l'étudia, mais ça ne voulait rien dire pour lui. Il se retourna et appela Tesla :

— Chérie, tu peux venir ici une seconde, s'il te plaît ?

Tesla se leva de son bureau et se dirigea vers eux.

— Qu'avez-vous trouvé ?

— Est-ce que ça pourrait être Grant ? l'interrogea Shadow. Quel âge avait l'homme qui t'a attaquée ?

Elle fixa l'image.

— Début ou milieu de la trentaine. (Elle leva ses yeux pour considérer Shadow.) Mais je ne suis pas capable d'en être certaine…

— Compris, lança Mason. Regarde de nouveau, il y

avait peut-être une sorte de signe distinctif !

— Type de corps similaire, pas sûre de sa taille. Il a le bon look général, mais je n'ai jamais bien distingué son visage. Son bras avait la montre et… (Elle ferma les paupières comme pour se replonger dans le scénario.) Comme je l'ai dit, ses doigts étaient marqués. Pas gravement, mais ils portaient des lignes blanches entrecroisées, comme après un accident mécanique quelconque. Et il y avait des cicatrices là où sa chemise se terminait au niveau du cou.

— Intéressant.

Mason sortit les dossiers de la police et commença à chercher. Tesla se tenait à ses côtés, attendant et observant.

— Ça pourrait être des cicatrices de brûlure ? demanda Mason en tapant sur son écran. Apparemment, les deux parents ont péri dans un incendie quand les garçons étaient jeunes. Le petit frère était un bébé et n'a pas été blessé. Le grand frère, de dix ans son aîné, a été brûlé sur une bonne partie de son corps.

— C'est possible, répondit-elle. Je ne l'ai pas bien vu.

— Le petit frère s'appelle Mark et vit actuellement à San Diego.

Tesla le considéra.

— C'est assez semblable, lança-t-elle avec surprise.

— Le frère aîné, Greg, habite… à San Diego aussi. (Mason prit son téléphone.) Je vais l'appeler.

CHAPITRE 11

L Y AVAIT une excitation palpable dans l'air alors que tout le monde réalisait qu'ils avaient peut-être une piste viable à suivre.

Tesla devait être d'accord. Ce sentiment de mouvement, la sensation réelle d'arriver quelque part, même si c'était une fausse piste, était énorme à ce moment-là. Cela donnait confiance et une perspective positive à tout. Quand on sonna, elle n'hésita pas. Elle ouvrit la porte pour voir le livreur portant une grande quantité de plats à emporter du restaurant chinois le plus proche. C'était l'un de ses préférés.

— Miam, miam ! dit-elle.

Mason n'avait pas précisé ce qu'il avait commandé, mais savoir que c'étaient ses mets préférés la rendait encore plus amoureuse de lui.

Le livreur posa deux sacs à provisions sur le sol dans le couloir et demanda :

— Est-il possible d'avoir du liquide ? Nos machines sont en panne.

— Bien sûr, acquiesça-t-elle. Laissez-moi simplement prendre mon sac et voir ce que j'ai.

Elle se retourna pour attraper son sac à main et fut saisie par-derrière. Elle lutta avec une main sur sa bouche jusqu'à ce qu'elle sente une piqûre vive dans son cou.

Elle le regarda avec surprise, puis remarqua l'aiguille

dans les mains balafrées de l'homme lorsqu'elle s'effondra sur ses genoux et tomba sur le côté. Elle pouvait à peine bouger. Il se pencha et approcha ses bras pour la soulever. Mason appela de la cuisine :

— Tesla ?

Comme elle ne répondait pas, on entendit une rafale de chaises renversées et d'hommes courant vers elle. Elle fut portée en bas des escaliers pendant que les gars tonnaient dans sa direction. Le livreur la déposa sur le ciment et s'enfuit.

— Tesla ? (Mason se précipita à ses côtés.) Chérie, tu vas bien ?!

Elle essaya de parler. Aucun mot ne sortait. Les doigts de Mason allèrent à l'endroit douloureux de son cou, et il commença à jurer.

— Shadow, attrape mes clés ! Je l'emmène à l'hôpital, elle a été droguée !

Elle gémit, souhaitant silencieusement réussir à parler. Ce satané mouchard lui avait administré une dose de quelque chose de méchant !

Les hommes s'étaient dispersés. Mais elle avait distingué le crissement des pneus de la voiture de livraison qui s'éloignait, alors elle savait qu'il s'était échappé – encore une fois.

— Tesla, c'était le même type ?

Elle considéra Mason, impuissante. Mais dans son esprit, elle tentait de faire correspondre la casquette basse et les lunettes de soleil au visage de Grant. La même carrure générale, oui, mais elle avait vu ce qu'elle était censée voir – un livreur –, rien d'autre. Et bien sûr, elle avait discerné ses doigts marqués – trop tard pour lui être utile. Les larmes s'accumulèrent dans ses yeux une fois de plus tandis qu'elle essayait de donner à Mason la réponse qu'il requérait.

— C'est bon. On va s'occuper de toi. Tiens bon !

En quelques minutes, elle fut transportée aux urgences de l'hôpital.

Elle détestait vraiment les hôpitaux. On l'examina et on fit des analyses de sang pour déterminer ce qu'on lui avait administré. C'était évidemment quelque chose de paralysant, mais comme aucun autre symptôme que la fatigue n'était apparu, elle supposa que ce n'était pas mortel.

Donc Grant la voulait toujours vivante.

Pourquoi cela ?

Peut-être n'était-il pas l'acheteur après tout. Peut-être était-il l'intermédiaire et avait-il utilisé Michelson pour l'atteindre, elle et son programme. Mais maintenant que Michelson était mort et que le programme ne fonctionnait pas, il avait besoin d'elle. Ou bien il avait des problèmes s'il ne livrait pas un programme fonctionnel — ou elle en personne. Dommage pour lui... elle ne serait pas en mesure de prêter main-forte à qui que ce soit.

SHADOW ENTRA SUR la pointe des pieds dans la chambre d'hôpital, le regard fixé sur le lit.

— Mason, comment va-t-elle ?

— Elle ira bien, indiqua Mason avec un sourire, heureux de pouvoir annoncer ça. Les médecins la gardent en observation jusqu'à ce que les effets du médicament se dissipent. Elle dort, ce qui aide à son rétablissement. (Mason étudia Shadow.) Qu'avez-vous découvert ?

— Le livreur habituel de nourriture chinoise a été retrouvé derrière votre maison. (Au regard dur de Mason, il ajouta :) Il est sain et sauf. Il a seulement un bon mal de tête.

Shadow s'appuya contre le mur.

— Malheureusement, il n'a rien pu nous dire, car il a été frappé par-derrière en sortant du véhicule et ligoté comme une dinde de Thanksgiving.

— D'une manière ou d'une autre, il savait que nous avions commandé le repas. Comment ?

— Nous en avons discuté devant la maison. Nous en parlions quand nous sommes sortis des voitures et avons marché jusqu'à la porte d'entrée, donc si cette personne était vraiment là, elle aurait été en mesure de nous entendre bavarder, déclara Shadow. Ou ça aurait pu être aussi simple qu'il surveille la maison et profite de l'opportunité quand elle se présenterait.

— Cela signifie aussi qu'il va continuer à essayer jusqu'à ce qu'il l'obtienne, lança Mason d'une voix dure. Mais il doit être désespéré pour s'y risquer si tôt. Et ce n'était pas bien pensé.

— C'est peut-être à cause d'un truc que Michelson a dit. Ou que Farrow a fait. Ou peut-être même parce que la police enquête maintenant et que nous leur avons donné son nom et celui de son frère. Peut-être l'ont-ils appelé et informé de l'investigation en cours.

— C'est possible. (Mason réfléchit à cette information.) Il est difficile d'en être sûr à ce stade.

— Alors, cette attaque est une bonne chose. Il a chaud. Nous devons intensifier l'enquête sur les deux frères. Obtenir la confirmation de leur implication.

Juste à ce moment-là, la porte de la chambre d'hôpital s'ouvrit, et Hawk entra. Son regard se dirigea directement vers le lit où Tesla dormait.

— Comment va-t-elle ?

Mason apporta la même réponse que lorsque Shadow lui

avait posé la question.

— Elle va bien. Les médecins ne pensent pas qu'il y aura des séquelles, mais ils ont besoin qu'elle dorme pour en être sûrs.

— As-tu de nouvelles informations ? demanda Shadow.

Hawk hocha la tête.

— Peut-être.

Il s'approcha, attrapa la chaise qui se trouvait de l'autre côté du lit et la rapprocha de Mason. Il la posa et s'assit.

— La police a interrogé le jeune frère.

Shadow le questionna immédiatement :

— Quand ça ?

— Je viens juste d'en entendre parler, mais ils étaient là-bas il y a environ deux heures.

— Ce serait serré, mais le timing pourrait encore fonctionner. (Shadow se retourna pour considérer Hawk.) On se demandait s'il n'avait pas prévenu le grand frère, le forçant à participer à la prochaine attaque.

— Cela correspondrait à la chronologie. (Hawk se leva et se dirigea vers la porte.) Je vais passer quelques appels et voir ce que j'arrive à trouver.

— Attends, qu'est-ce que la police a découvert ? le héla Mason derrière lui.

Hawk répondit :

— Le grand frère est tombé dans la délinquance à un âge précoce. Il s'est fait attraper plusieurs fois, mais s'est amendé depuis – soi-disant. Le jeune frère semble avoir choisi le droit chemin. Le concours de design lui a permis d'obtenir son emploi actuel, même si ce n'était pas le projet gagnant. Son frère travaille pour la même entreprise, mais dans un département différent – les exportations. Les accusations d'usurpation d'identité étaient fausses, selon le gamin, eh oui, parce que son frère *a dit* qu'il était innocent. Il y a encore un peu d'idolâtrie, mais pas beaucoup à ce stade. Mark a une vingtaine d'années et est toujours révolté contre le monde.

Hawk poursuivit :

— Mark voit Greg deux fois par semaine, et la dernière fois, c'était il y a trois jours. Il n'a pas eu de nouvelles de lui depuis. Enfin, c'est ce qu'il prétend.

— Nous devons vérifier l'historique du téléphone de Mark, annonça Shadow. Je parie qu'il a prévenu son frangin et que ça a déclenché l'attaque sur Tesla aujourd'hui. C'était un mouvement de panique.

— Les flics sont en route pour interpeller le grand frère afin de l'interroger en ce moment même, indiqua Hawk avant de se diriger vers la porte pour la deuxième fois. Je vais appeler et confirmer.

Mason se leva.

— Espérons qu'ils pourront obtenir des réponses ! J'aimerais moi-même être dans la salle d'interrogatoire avec lui.

Il détestait ne pas agir. Comme Tesla le disait, l'attente était dure.

Shadow suivit Hawk jusqu'à la porte puis se retourna et regarda Mason.

— Vous avez besoin de quelque chose ? (Il fit signe à la porte.) Je vais chercher du café.

Une voix tremblante venant du lit articula faiblement :

— Un café s'il te plaît. J'aimerais bien un café.

CHAPITRE 12

TESLA SE RÉVEILLA au murmure des voix. Elle était restée allongée tranquillement, à écouter Mason et ses amis. Ils progressaient. C'était quelque chose. Elle laissa son corps se détendre, se demandant s'il était prudent d'essayer de se mouvoir. Au moins, son esprit était clair. Elle se déplaça dans le lit, heureuse de voir ses muscles réagir. Levant une main sur sa tempe, elle fut ravie de réussir à effectuer ce mouvement. Dieu merci. Cela aurait pu être tellement pire. Grant devait être désespéré.

Alors, elle aussi.

— Hé ! lança Mason en s'asseyant à côté d'elle. (Une main douce s'approcha pour caresser des mèches de cheveux sur sa tempe.) Comment te sens-tu ?

— Mieux, beaucoup mieux. (Tesla roula sur le dos et s'étira pour attraper le côté de la joue de Mason.) Si heureuse d'être capable de bouger de nouveau.

Mason saisit sa main sur son visage et la maintint fermement tandis qu'il tournait ses lèvres et embrassait sa paume.

— Le docteur dit que c'était une variante de la drogue du viol. Maintenant, il faut simplement que ça sorte de ton organisme.

— Bien.

Un bâillement s'échappa. Elle se leva pour couvrir sa

bouche, s'émerveillant encore de la joie de voir son corps se mouvoir sur commande.

— Des nouvelles ? Sommes-nous sur la bonne voie en ce qui concerne les frères ?

— C'est possible, indiqua-t-il prudemment. Mais il est trop tôt pour l'affirmer.

— La police a-t-elle interrogé le jeune frère ?

Mason acquiesça.

— Oui.

— Mais…

Elle se pencha en arrière et essaya de changer de position. Mason chercha la commande du lit pour le mettre en position assise.

— C'est mieux comme ça ? demanda-t-il. (Quand elle acquiesça en souriant, il se pencha et l'embrassa légèrement.) Tant mieux.

— Tu évites la question ? continua-t-elle en remontant la couverture.

— Non, il n'y a pas grand-chose à dire.

Il la mit rapidement au courant de ce qu'il savait.

— Peux-tu retrouver cette image de Grant pour moi, s'il te plaît ? (Elle se tourna pour observer les multiples ordinateurs portables près des chaises.) J'ai vu le livreur de nourriture chinoise, et cette fois il n'avait pas de casquette de baseball ni de lunettes de soleil pour tenter de cacher ses traits, mais c'était toujours la même main cicatrisée, donc je suis sûre que c'est le même homme.

Son regard revint sur Mason.

— Aucun signe de mon ordinateur portable dans le van ?

Mason acquiesça.

— Nous essayons de trouver des preuves.

— Heureusement que je n'ai rien d'important dessus, vu

le temps que cela risque de prendre pour le récupérer.

Elle fit un signe du bras vers les ordinateurs portables sur les chaises.

— Ceux-ci marcheraient aussi bien pour ce que j'ai à faire, bien qu'ils n'aient pas les mêmes programmes que ceux dont j'ai besoin. (Elle marqua une pause.) Et ils n'ont probablement pas les mêmes performances. Mais je n'ai pas l'intention d'effectuer autre chose que de la recherche pour le moment.

— Alors, pourquoi voler le tien ? l'interrogea Shadow en essayant de fermer la porte derrière Hawk qui portait un plateau de café.

— J'ai entendu les kidnappeurs en parler dans la camionnette. Ils n'étaient pas sûrs, mais ils se sont dit que si l'ordinateur portable ne leur donnait pas ce qu'ils espéraient, je pourrais leur être utile, moi. (Elle ricana.) Ils craignaient aussi que j'aie truqué l'ordinateur pour qu'il explose et qu'ils aient besoin de moi pour y accéder.

— Vraiment ? la considéra-t-il avec surprise.

— Vraiment.

Elle accepta une tasse de café chaud de Hawk avec un sourire de remerciement. Mason posa sa tasse sur la table de nuit, se leva et alla chercher son ordinateur portable, qu'il apporta ensuite et plaça sur ses genoux.

— Utilise le mien alors !

— Merci.

— L'image du frère devrait être sur l'un des onglets ouverts. (Il s'assit à côté d'elle et attendit qu'elle regarde la photo.) Qu'en penses-tu ?

— Très honnêtement, je ne suis pas sûre, avoua-t-elle franchement. Ce n'est pas un *non*, mais je ne suis pas certaine que ce soit un *oui* non plus. (Elle se frotta la tempe.) C'est juste que je ne l'ai pas bien distingué de nouveau.

— Et pourquoi en aurait-il été autrement ? répliqua Hawk. Tu t'attendais à voir un livreur et c'est ce que tu as vu.

— Et pourtant, je ne m'attendais pas à un livreur, précisa-t-elle. Je ne savais pas que Mason avait commandé. Il avait dit qu'il m'appellerait quand le repas serait prêt. (Elle sourit.) En plus, j'avais faim. Je n'ai remarqué que des sacs à emporter.

À ce moment-là, la porte s'ouvrit encore une fois, laissant entrer l'infirmière et le médecin. Ce dernier afficha un rictus.

— Heureux de constater que vous êtes réveillée et que vous bougez, Tesla. Comment vous sentez-vous ?

— Beaucoup mieux, merci, répondit Tesla avec un sourire éclatant. Cela signifie-t-il que je peux rentrer chez moi maintenant ?

Mason lui tapota la main.

— Nous n'allons pas précipiter les choses. Si tu dois rester un jour de plus, c'est parfait. Nous voulons que tu sois de nouveau en bonne santé. Alors, ne nous affolons pas !

Le praticien continua :

— Sur ce, nous allons vous examiner et voir comment vous allez.

Mason et les deux autres quittèrent la pièce, laissant Tesla seule avec le médecin et l'infirmière. L'examen ne prit que quelques minutes, mais il semblait satisfait des résultats.

— Je vais vous garder un jour de plus pour m'assurer que ce médicament est sorti de votre organisme.

— Vous êtes sûr que c'est nécessaire ? demanda-t-elle. Je me sens beaucoup mieux. Je pourrais plutôt me reposer à la maison, ajouta-t-elle avec espoir.

— Alors, voyons ce qu'indique l'analyse de sang !

Le praticien et l'infirmière partirent, fermant la porte discrètement derrière eux. Lorsque Mason ne revint pas immédiatement dans la chambre, elle supposa qu'il avait accosté le médecin dans le couloir pour connaître les détails de son état. Il était si inquiet quand il s'agissait d'elle. Il la faisait se sentir spéciale. Mais c'était lui qui était spécial.

Sa vie avait tellement changé au cours des derniers mois. À l'approche de Noël, leur premier Noël ensemble, elle avait hâte de rentrer chez elle. Elle n'avait pas encore effectué d'achats, et toutes les pensées qu'elle aurait été susceptible d'avoir à ce sujet s'étaient envolées de son esprit quand elle avait réalisé qu'il y avait des problèmes avec son travail. Sans compter que, lorsque le retour de Mason fut retardé, tout fut repoussé. Maintenant, il était grand temps de penser de nouveau aux vacances. Elle voulait trouver quelque chose de spécial pour Mason. Elle n'avait aucune idée de ce que cela pouvait être. Elle avait tendance à songer à des objets pratiques pour la maison, même si elle préférait des mini-vacances à l'étranger.

Surtout après ce désastre. Une escapade spéciale, rien que pour eux deux.

Cela la poussa à sourire. Elle serait en mesure de s'en occuper d'ici sur l'ordinateur portable en ce moment même.

MASON OUVRIT LA porte pour contempler Tesla allongée dans son lit, un sourire curieux posé sur son visage alors qu'elle regardait par la fenêtre. Il aurait aimé savoir ce qu'elle pensait.

— Donc tu peux rester un jour de plus, hein ?

Elle roula sa tête sur le côté.

— J'imagine. Il ne souhaitait pas me laisser rentrer chez moi avant d'avoir reçu les résultats des tests.

— Si les analyses sanguines sont bonnes, nous serions à même de t'obtenir une libération anticipée, la taquina-t-il avec un grand rictus.

— Maintenant, ce serait bien. Attraper le gars qui m'a infligé ça serait encore mieux.

Elle bâilla et se blottit plus profondément dans le lit, l'ordinateur portable penchant dangereusement sur le côté. Elle tendit le bras pour l'attraper. Mason était déjà là et le déplaça de l'autre côté de la pièce.

— Dors ! lança-t-il. Ton corps est encore en train de combattre les effets.

— Je vais peut-être faire une autre sieste, chuchota-t-elle. Remercie Hawk pour le café, veux-tu ? Il était délicieux.

Il la regarda se détendre lentement dans un profond sommeil.

Du moins, il pensait qu'elle dormait, mais lorsqu'il retourna s'asseoir, elle dit d'une voix faible :

— Ce sera mon premier Noël sans neige.

Puis elle se retourna, se mit en boule et s'assoupit.

Mason songea à toutes les premières fois qu'ils avaient vécues ensemble. Et bien qu'il soit habitué à un Noël sans neige, elle ne l'était pas. Il avait eu envie de rendre leur premier Noël spécial, mais il ne restait que deux jours, et il ne souhaitait pas affronter les fêtes avec cet enlèvement potentiel au-dessus de leurs têtes.

S'ils parvenaient à en finir, ils seraient rentrés sains et saufs à temps pour passer le réveillon ensemble…

Le moment idéal pour lui demander de l'épouser. Même s'ils n'avaient pas le temps pour les festivités de Noël, ils pouvaient au moins faire de leur mieux avec ce qu'ils avaient.

Et ce qu'ils avaient était sacrément bien !

Puis il pensa à quelque chose d'autre qui était susceptible de la faire sourire. Ils avaient prévu de s'occuper de la décoration il y a des semaines, mais il avait dû partir, alors tout avait été repoussé encore et encore. Quand il était revenu, elle avait dit qu'il y avait un problème au travail. Il comprenait maintenant à quel point c'était un gros problème. Mais cela signifiait aussi que la préparation de Noël avait encore été reportée.

Seulement, il n'allait pas la laisser seule ici pendant qu'il s'en chargeait. Il ne pouvait pas non plus risquer de laisser quelqu'un d'autre seul chez lui, vu que le tueur en avait toujours après Tesla.

Il envoya un message à Markus et Evan. Tous deux avaient posé des congés avant Noël et profitaient de leur temps libre. Il en écrivit également un à Swede. Il s'attendait à ce qu'il soit sur la route pour aller voir Eva, mais comme Hawk n'avait pas réussi à partir plus tôt, il n'était pas sûr de ce qui était en train de se passer.

Cela ne prit pas longtemps, et, après une série de textos, il affichait un grand sourire sur le visage.

Il avait lui-même oublié la joie de Noël. L'année dernière, ils étaient en mission au Moyen-Orient. Désormais, il était à la maison pour la première fois depuis des années, et bien sûr, il n'y avait aucune garantie que les connards du monde entier seraient gentils la semaine suivante, mais il espérait profiter de ce Noël avec Tesla. Ils avaient manqué la parade et la cérémonie d'illumination de l'arbre — et il ne réalisait que maintenant que c'était quelque chose qu'ils n'auraient pas dû rater. Comme il n'était rentré que tard dans l'après-midi, ils avaient allumé des bougies et étaient restés au lit à la place.

Il savait qu'elle ne le regrettait pas.

Mais il avait aussi conscience qu'il le regretterait s'il ne faisait pas quelque chose de spécial pour elle. Ils étaient tous les deux en vacances ensemble la semaine suivante. Ils l'attendaient avec impatience.

Avec des plans qui percolaient dans sa tête, il se mit à dresser une liste de courses. Heureusement, il y avait quelques femmes géniales dans son groupe pour l'aider dans ce projet.

CHAPITRE 13

TESLA SE RÉVEILLA en pleine forme pour constater que la majeure partie de la journée était passée pendant sa sieste. Merde ! La journée était presque terminée, et elle avait des courses de Noël à faire.

Au lieu de cela, elle était coincée à l'hôpital et devait braver les acheteurs de Noël de dernière minute le lendemain. Argh !

Et pire encore : il n'y avait aucune chance que Mason la laisse sortir seule.

Elle allait devoir trouver un moyen de s'en occuper, autour de lui. Peut-être pourrait-elle demander l'aide d'un de ses amis. Ou au moins la partenaire de l'un d'eux. Mia et Eva n'étant pas en ville, elle n'était pas en mesure de solliciter leur concours, sauf si elles venaient elles-mêmes faire des courses. Elles la rejoindraient toutes les deux avec le reste de la bande chez elle pour une énorme fête de réveillon. Mais c'était dans une semaine.

Arianna et Shadow avaient loué une maison ensemble et se trouvaient dans les dernières étapes du déménagement. Ils essayaient d'arriver avant le réveillon de Noël pour le frère d'Arianna. Elle ne voulait pas les éloigner de ce chaos, car elle devrait aider Arianna à mettre les choses au point elle-même. En fait, Shadow s'était mis à l'écart et l'avait laissée engager une société de transport pour s'occuper du déménagement de deux foyers. Il avait un faible pour le frère d'Arianna qui avait eu quelques mois difficiles, mais qui sortait gentiment de sa coquille. Arianna, elle, avait vécu des mois très pénibles. Avec les affaires judiciaires, l'enterrement de son père à organiser, son frère à surveiller et la recherche d'un logement qui leur conviendrait à tous les trois, d'un emploi pour elle et d'une nouvelle école pour son frère, son emploi du temps était plus que rempli. Le recours à une entreprise de déménagement était logique.

Arianna s'était occupée de tout avec une telle grâce, qu'elle seule pouvait incarner. Tesla enviait son tempérament ensoleillé. Le type de travail que cette dernière était en train de terminer lui rappelait que, dans son monde, le soleil était une chose rare. Mais avec Mason à ses côtés, c'était une existence beaucoup plus lumineuse. Il y avait tellement de choses à attendre de sa vie désormais. Et tout ça grâce à lui !

Markus venait de rentrer après avoir réglé ses affaires également. Les siennes avaient été un peu plus faciles que celles de Shadow, car Bree n'avait pas de maison ou d'effets personnels à s'occuper. Il l'avait fait emménager et installer dès leur retour d'Alaska.

Bree était spéciale à bien des égards. Elle s'était parfaitement intégrée au groupe. Elle avait insisté pour ne pas avoir de cadeaux de Noël, et Tesla avait compris, mais lorsque Markus avait dit qu'il allait cuisiner la plus grosse dinde qu'il parviendrait à trouver, Bree avait poussé un cri de joie. Quand il avait invité le père de cette dernière à passer quelques jours et à l'aider sur un nouveau projet qu'il avait planifié, elle avait eu les larmes aux yeux.

Bon sang, il y en avait dans ceux de Tesla désormais à ce souvenir.

Markus transformait l'une des pièces de sa maison en

bureau pour elle. Et entre son père et lui, ils étaient en train de la parer comme il fallait.

Tesla poussa un soupir de joie. Seigneur, comme elle aimait ces gars-là ! Tous ces gars. Oh, elle avait oublié Dane ! Où était Marielle ? Elle pourrait être disponible pour une mission secrète du père Noël.

Elle fronça les sourcils. Et d'abord, où était son téléphone portable ? Elle se déplaça pour regarder sur la table de nuit à côté d'elle, mais celle-ci était vide. Et où était Mason ?! Il ne l'aurait pas laissée, il devait être dehors à parler à quelqu'un.

La porte s'ouvrit, permettant à un infirmier apportant des serviettes fraîches d'entrer. Elle sourit avec plaisir. Comme un joyeux Noël ! Lorsque son regard se porta sur le visage de l'homme, ce dernier se détourna. Elle plissa les yeux et étudia son dos. La bonne taille et la bonne carrure, mais était-ce bien lui ? Elle était si méfiante désormais.

Le type disparut rapidement. Elle se leva d'un bond et courut vers la porte, mais avant qu'elle ne l'atteigne, Mason l'ouvrit en grand.

Il leva un doigt vers sa bouche. Son regard s'élargit. Elle recula d'un pas alors qu'il s'avançait. Shadow lui indiqua rapidement le couloir où Hawk la poussa contre un mur, se plaçant entre elle et la porte.

Elle pouvait entendre plusieurs bruits sourds et des cris étouffés. Elle demanda à Hawk :

— Quelqu'un a-t-il pensé que ce n'était peut-être pas le bon gars ?

Il lui adressa un sourire.

— Tu crois vraiment qu'on commettrait ce genre d'erreur ?

Elle fronça les sourcils en le considérant.

— Ils ne lui feront pas de mal, n'est-ce pas ?

— Pas plus qu'il ne t'en a fait, dit Hawk joyeusement.

Juste à ce moment-là, la porte s'ouvrit et Mason sortit, trouvant un homme protestant bruyamment et tenu fermement.

Elle sursauta puis s'approcha pour être en mesure d'étudier le visage de l'homme. Il se cabra et détourna la tête. C'était bien lui. Elle tendit la main et le frappa durement sur le visage.

— Grant, ou peut-être devrais-je t'appeler Greg ! lâcha-t-elle. À quoi tu songeais, bon sang ?!

— J'essayais d'avancer dans la vie ! grogna-t-il. Les gens comme toi n'ont pas la moindre idée de ce qu'est le reste du monde.

— En réalité, si, répliqua-t-elle. Mais tout le monde ne choisit pas de mentir, de voler ni de tricher. La plupart préfèrent travailler pour obtenir ce qu'ils ont. As-tu entraîné ton frère dans ta vie criminelle aussi ? As-tu ruiné sa vie comme tu as ruiné la tienne ?

— Laisse mon frère tranquille ! rugit-il, luttant pour se libérer. C'est un bon garçon. Je fais ça pour lui. Pour nous.

— Mais bien sûr ! le railla-t-elle. Tu fais ça pour toi. Tu prends le chemin le plus facile. Ton frère a du génie, des compétences. Et toi ? Tu aurais pu accomplir la même chose. Au lieu d'effectuer un travail honnête, tu as tenté de voler *mon* travail. Et qu'en est-il de toutes les personnes qui ont été blessées pendant ce temps ?

— De qui parles-tu ? Tu veux dire Michelson et Farrow ? Michelson a menti à Farrow sur ce qui se passait pour obtenir sa coopération. Michelson le détestait aussi. Comme si tu étais une sainte ! Michelson mourait d'envie de t'entuber. Pourquoi ne pas l'insulter et lui hurler dessus ?

— J'aimerais bien, mais il est mort. Tu t'en souviens, tu voulais que les flics le tuent pour toi ?

— Tant mieux, exprima-t-il d'un ton suffisant. Les morts ne parlent pas.

— Non, acquiesça-t-elle doucement. Mais son témoignage n'est pas nécessaire. Je pourrai obtenir tout ce que nous avons besoin de connaître sur sa vie, et, avec le supplément sur Farrow, tu auras de la chance si tu revois ton petit frère. (Devant le regard horrifié de Greg, elle ajouta :) Oui, joyeux Noël à ton frère ! Peut-être les flics parviendront-ils à lui mettre ça sur le dos aussi.

— Non, vous ne pouvez pas, il n'a rien fait, protesta Greg ! C'est un bon garçon !

L'ascenseur s'ouvrit au bout du couloir, et plusieurs officiers de police se précipitèrent vers eux.

Alors qu'ils se tournaient pour lui passer les menottes aux poignets, Greg lança :

— Laissez Mark en dehors de ça ! Il ne savait rien du tout.

Tesla haussa les épaules.

— Pas mon problème. Mais si tu coopères et avoues tout, ils seraient en mesure de te croire. Dans le cas contraire, tu les obligeras à retourner chaque pierre de ta vie. Il n'en sortira pas indemne. (Elle secoua la tête.) Ça dépend si tu vas enfin faire ce qu'il faut – pour son bien.

Il la regarda fixement pendant un long moment, le visage orienté vers elle alors que les flics l'éloignaient. Puis finalement, ses épaules s'affaissèrent, et il opina du chef en signe de défaite.

La dernière fois qu'elle le vit, ce fut quand il était conduit à l'ascenseur. C'était terminé. Presque.

Elle se tourna vers Mason, le sourire fatigué, mais lumineux, et demanda :

— Je peux rentrer chez moi maintenant ?

Il sourit.

— Oui, tu peux.

Elle se figea et le dévisagea.

— Vraiment ?!

Il acquiesça.

— J'ai appris la nouvelle il y a quelques minutes. Juste quand ce type a commencé à agir de façon suspecte dans le couloir.

Son regard passa de lui à la chambre d'hôpital derrière eux. Elle voulait se précipiter dehors, mais en avait-elle le droit ? Était-elle censée faire ses bagages ? Faire quelque chose ?

Eh bien, se changer certainement. Cela ne lui prit que quelques minutes, car elle opéra le changement de vêtements le plus rapide possible. Quand elle revint vers les hommes, Mason l'interrogea :

— Tu peux marcher jusqu'au camion ?

— Absolument.

Ravie, elle se dirigea vers l'ascenseur.

— Je suppose que j'ai des papiers à signer ? s'intéressa-t-elle.

— Oui, mais tout est prêt et t'attend. (Il passa un bras autour de son épaule.) Rentrons à la maison !

LE TRAJET DU retour se déroula rapidement et sans incident – jusqu'à ce que Mason prenne un virage à droite et les emmène loin de leur domicile. Elle se retourna pour le regarder.

— Où va-t-on ?

— J'ai pensé que tu aimerais voir l'arbre de Noël sur la place de la ville.

— Oh, j'aimerais vraiment ! (Elle observa à travers le pare-brise.) C'est le moment idéal pour le voir.

L'énorme sapin de Noël brillait dans la clarté crépusculaire, car il y avait juste assez d'obscurité pour faire scintiller les lumières. Elle haleta de plaisir lorsque Mason se gara sur le côté.

— Veux-tu te promener pendant quelques minutes ? demanda-t-il.

— Oui ! cria-t-elle.

Il fit le tour pour l'aider à sortir du camion, puis ils flânèrent ensemble pour admirer le magnifique spectacle d'illuminations.

— Tu sais, il n'y a peut-être pas d'hiver ici, mais tu rends ce Noël spécial, murmura-t-elle, en fixant les lumières. C'est vraiment magnifique !

Mason étudia l'énorme arbre. Il était décoré de millions de lampes qui brillaient de mille feux. Un grand groupe de personnes se promenait sur le côté, et d'autres étaient assises sur des bancs, un café à la main, profitant de la soirée. D'autres encore étaient debout, les mains jointes en silence. De la musique s'échappait doucement de quelque part à proximité. C'était tellement différent de tout autre moment de l'année.

Il y avait véritablement de la magie dans l'air. La magie de Noël.

En regardant son visage, en voyant sa joie, Mason réalisa qu'il avait fait le bon choix en l'amenant ici.

— Rentrons à la maison ! dit-elle en tournant enfin sa tête vers lui. Il est vraiment plus que temps de décorer notre maison !

Il grimaça intérieurement puis l'aida à retourner au véhicule. Elle allait mieux, mais elle était encore faible, et même si son cœur était bien disposé, il pensait qu'elle ne serait pas en mesure d'accomplir grand-chose toute seule.

Heureusement qu'il s'en était occupé.

CHAPITRE 14

TESLA DÉTESTA LA fatigue qu'elle ressentit au moment où Mason s'engagea dans leur allée. Elle voulait vraiment que leur maison soit magnifique pour leur premier Noël ensemble, et elle se sentait comme une ratée d'avoir laissé passer cette opportunité. Elle avait été tellement occupée par ses problèmes qu'elle avait repoussé l'occasion. Mais ce n'était pas une excuse. Maintenant, elle regrettait de ne pas avoir fourni plus d'efforts.

Il coupa le moteur et sauta de son côté. Elle ouvrit la porte. Pendant qu'il l'accompagnait jusqu'à la maison, un énorme jeu de lumières s'alluma devant eux.

— Oh ! s'écria-t-elle. C'est magnifique ! Comment as-tu réussi à les monter ?

Il rit.

— Chérie, il n'y a pas grand-chose que je ne puisse faire. Surtout avec un peu d'aide de mes amis.

Elle resta stupéfaite alors que les illuminations ondulaient le long de la façade et changeaient de couleurs.

— J'avais espéré réussir à poser une seule guirlande, mais je ne pensais pas que cela serait possible à temps.

Il sourit. Elle s'approcha et l'embrassa.

— Merci, dit-elle en rayonnant.

Il passa un bras autour de son épaule.

— Allons à l'intérieur où tu pourras te rasseoir. Je t'ai

vue presque t'assoupir dans le camion.

— En réalité, je suis plus affamée que fatiguée en ce moment, murmura-t-elle, le regard toujours posé sur l'habitation enchantée de lumières.

Il ouvrit la porte d'entrée et se recula pour la laisser entrer en premier.

Elle sourit en remerciant et pénétra dans ce qui avait été la maison de Mason et qu'elle considérait maintenant comme la sienne. Leur maison.

Et se figea. Un soupir s'échappa… Des larmes lui montèrent aux yeux… Son cœur se dilata de joie…

— Oh, mon Dieu !

Elle ne put rien dire d'autre. C'était simplement trop beau. Les quelques décorations qu'elle avait achetées elle-même, celles qu'ils avaient acquises ensemble et tant d'autres avaient été placées aux bons endroits. Elle n'avait jamais paré de maison de sa vie et n'avait aucune idée de ce qu'il fallait mettre, ni comment, ni où. Mais Mason l'avait fait.

Il avait accompli ça. Pour elle.

Il enlaça ses bras autour de ses épaules et la ramena contre sa poitrine.

— Es-tu heureuse ? demanda-t-il avec angoisse. Ou ai-je enfreint une règle tacite en décorant notre foyer sans toi ?

Elle éclata de rire. Elle se retourna dans ses bras, leva la main et embrassa le regard inquiet de son visage.

— Si c'est le cas, je ne suis pas au courant. (Elle sourit.) Tu réalises que si je n'ai pas trouvé le temps de m'en occuper, c'est en partie parce que je ne savais pas comment faire et que je pensais que je m'y prendrais mal ?

Il la fixa.

— Comment aurais-tu pu mal le faire ?

— Mon père ne décorait jamais notre maison. Il y avait une seule triste guirlande lumineuse devant, jusqu'à ce qu'il se mette en colère une année et l'arrache. À part ça, il n'y avait rien, avoua-t-elle. Et je voulais que notre chez-nous soit parfait.

Il afficha un rictus.

— C'est parfait sans les décorations parce que je t'ai toi.

— Tu me dis les choses les plus gentilles, répliqua-t-elle d'un air égaré.

— Et je les pense toutes. (Il la fit pivoter doucement.) Maintenant, jetons un coup d'œil à la maison ! Tout le monde a été très occupé cet après-midi.

Il y avait des bougies et des lumières allumées, de la musique douce et dans chaque pièce plus de décorations qu'elle n'aurait pu l'imaginer. Quand il la conduisit à l'escalier et à la guirlande qui s'entortillait jusqu'en haut, elle rit et tapa dans ses mains.

— Ils ont effectué un travail merveilleux ! s'écria-t-elle.

— C'est vrai, n'est-ce pas ?

Elle le regarda alors qu'il se retournait dans sa propre demeure avec stupéfaction.

— Tu as beaucoup de chance d'avoir tes amis.

Il hocha la tête.

— Et toi aussi, puisqu'ils sont tes amis désormais.

Elle sourit. Et avec un clin d'œil, elle ajouta :

— On fait la course jusqu'à la chambre !

Et elle se précipita sur les marches avant lui.

— Hé ! protesta-t-il. Tu ne devrais pas bouger si vite.

— Alors, tu ferais mieux de me rattraper et de m'arrêter. (Elle s'esclaffa tandis qu'elle touchait la plateforme et courut jusqu'à la deuxième.) Qu'y a-t-il, une pauvre femme blessée peut-elle battre un grand méchant SEAL dans un… oups ?!

Il la prit dans ses bras et la porta jusqu'à leur chambre, en riant et en gloussant. Il l'allongea et tomba sur elle, doucement bien sûr.

Elle enroula ses bras autour de son cou et l'attira pour l'embrasser. Quand il releva la tête, elle dit :

— J'ai conscience que ce n'est pas encore Noël, mais c'est l'un des plus beaux cadeaux qu'on m'ait offerts.

— Je suis ravi de l'entendre. Je craignais un peu d'outrepasser mes droits.

Elle branla du chef.

— Jamais. (Elle se tortilla sous lui.) Je ne sais pas si tu as des projets de dîner ou non, lança-t-elle, mais j'espère qu'ils peuvent attendre un peu.

Puis elle attira ce précieux visage vers elle et embrassa sa mâchoire puissante, ses pommettes et son nez avant de déposer sur lui un baiser qu'il n'était pas près d'oublier. Il avait accompli une chose si spéciale pour elle quand elle n'avait pas pu le faire elle-même. Elle l'aimait tellement !

Il approfondit le baiser, la passion les envahissant rapidement, comme toujours. Mais cette fois-ci, c'était différent. C'était un renouveau. Une réjouissance. Un amour du cœur comme s'ils se révélaient l'un à l'autre. Elle avait survécu, et se retrouvait une fois de plus bénie d'être dans ses bras. Connaissant déjà les goûts et les dégoûts de l'autre, avec leurs mouvements lents, tendres, émotionnels, c'était inédit… de nouveau.

Finalement, quand elle n'en put plus, elle le prit et le serra contre elle. En sécurité.

— C'est au-delà de tout, chuchota-t-elle. Je suis incapable d'imaginer que quelqu'un d'autre vive ce que nous avons. C'est sûrement unique !

— Peut-être, chuchota-t-il, ses lèvres se déplaçant lentement d'avant en arrière sur les siennes. Je suis simplement tellement reconnaissant d'avoir ce que nous avons.

Il baissa la tête et commença à faire monter la passion jusqu'à un climax frissonnant.

— Seigneur, que je t'aime ! murmura-t-il quand il fut en mesure de reprendre son souffle. Tellement, bon sang ! Et toi ? poursuivit-il, une note de vulnérabilité dans la voix.

Elle fit pivoter sa tête sur le côté pour parvenir à le voir.

— Oui, bien sûr. (Elle se releva à moitié sur son coude.) Pourquoi, en doutes-tu ? murmura-t-elle. Je n'ai jamais aimé personne autant que toi, tu vaux vraiment la peine d'être gardé !

Il la regarda fixement puis, après un long moment, roula sur le lit et chercha son pantalon.

— Qu'y a-t-il ? demanda-t-elle, confuse. Ai-je fait quelque chose de mal ?

— Non.

En remontant sur le matelas, il s'empressa de la rassurer. Il l'embrassa fort.

— Je t'aime. Parfois, je t'aime tellement que j'ai peur que ce que nous avons ne dure pas.

Elle se mit à genoux et posa un doigt sur ses lèvres.

— Rien n'est éternel, tu t'en souviens ? Mais nous avons ça jusqu'à ce que la mort nous sépare, ajouta-t-elle, les mots s'échappant facilement de ses lèvres.

Il sourit d'un rictus lent et profond qui fit fondre son cœur d'autant plus.

— Tu le crois vraiment ?

— De tout mon cœur, susurra-t-elle, hypnotisée par l'éclat de ses yeux.

Elle ne comprit pas ce que cela signifiait jusqu'à ce qu'elle remarque ce qu'il tenait devant eux.

Une petite boîte en velours.

Son souffle s'arrêta au fond de sa gorge. Des larmes coulèrent aux coins de ses yeux. Elle attrapa l'écrin et lentement, très lentement, elle l'ouvrit.

Et commença à pleurer.

— C'est la mauvaise pierre ? s'écria-t-il. On peut la rendre et te trouver autre chose. Quelque chose qui te plaira davantage.

L'énorme diamant solitaire scintillait dans la pénombre, et elle ne put s'empêcher de brailler :

— Non, c'est parfait ! lança-t-elle à travers ses sanglots. Absolument parfait !

Il sourit.

— Alors… c'est un oui ?

Elle sortit la bague de la boîte et la tendit vers lui, puis écarta les doigts. Avec un sourire radieux, elle déclara :

— Peut-être… c'est quoi la question ?

Avec une solennité dans la voix qui fit trembler leurs deux cœurs, il prononça :

— Veux-tu m'épouser ? Être l'autre moitié de mon cœur ? Veux-tu être ma légitime épouse jusqu'à ce que la mort nous sépare ?

Il lui tenait les doigts, la bague dans sa main prête à être glissée pendant qu'il attendait, les doigts tremblants.

Les larmes coulant encore sur ses joues, elle murmura d'une voix remplie d'amour :

— Oui, pour toujours et à jamais…

Il marqua une pause, puis ce merveilleux rictus éclata, et il chuchota :

— Non, pourquoi pas *pour de bon*, à la place ?

Et il glissa l'anneau à sa place légitime.

C'est la fin du tome 9 de *Légion d'honneur :*
Le Vœu de Mason.

Découvrez le premier chapitre de *Chase :*
Légion d'honneur, tome 10

Légion d'honneur : Chase (tome 10)
Chapitre 1

CHASE BUCHANAN REMONTA l'écharpe sur son nez, tentant vainement de protéger son visage contre le sable. Depuis leur arrivée au Moyen-Orient, il avait déjà dû absorber au moins cinq kilos de poussière. Ses yeux étaient si desséchés qu'il avait envie de pleurer pour les humidifier à nouveau.

Ce n'était pas son premier séjour ici, mais cette fois, la poussière était insupportable. Sans compter que la sécheresse qui sévissait depuis plusieurs semaines n'avait rien arrangé. À cause de la violence du vent, la situation était plus délicate que jamais.

Jetant un œil vers Swede et Brett, deux de ses camarades de recherche, Chase pressa le pas dans la même direction. Evan et Markus fermaient la marche. Deux garçons avaient disparu. C'étaient des habitués de la base, qui étaient censés aider la troupe en effectuant de petits boulots par-ci par-là, comme à l'accoutumée. D'ailleurs, ils avaient même acquis un bon niveau d'anglais. Mais d'après les rumeurs, ces garçons avaient rencontré des problèmes. Depuis, une équipe les cherchait à l'intérieur du camp tandis que ses amis et lui avaient choisi de fouiller les environs. Les garçons n'habitaient pas sur place, allant et venant entre la base et leurs maisons à toute heure du jour et de la nuit. Tout aurait pu leur arriver. Des soldats patrouillaient le périmètre autour du camp. Jusqu'à présent, ils n'avaient rien vu. Mais si les garçons avaient des ennuis, Chase tenait à s'assurer qu'ils aient une chance de se défendre.

Bien sûr, cela pouvait aussi être un piège. Après tout, il y avait des ennemis partout.

Il était bien placé pour le savoir. Son unité avait terminé une mission et devait lever le camp dans la matinée. Ils avaient passé quelques jours à faire le point, et pendant leur temps libre, avaient pris plaisir à jouer au football avec le groupe d'enfants. C'étaient des gamins formidables qui n'avaient pas la vie facile.

Bien sûr, ces deux-là en faisaient partie.

Il avait quelques heures à tuer, et s'il pouvait aider à les retrouver, il s'y prêtait volontiers.

Le vent leur cinglait le visage. Ils progressèrent encore sur quelques dizaines de mètres. D'après les soldats, on n'avait pas vu âme qui vive dans les environs depuis une bonne heure. Les garçons étaient-ils cachés là, quelque part ? Et si oui, pourquoi ? Âgés de dix et douze ans, ils avaient déjà vu trop de choses au cours de leurs jeunes vies.

En même temps, lui aussi.

Les paysages changeaient, mais c'était toujours la même rengaine.

— Au secours !

Il fit volte-face en percevant ce cri tout juste audible.

Du coin de l'œil, il perçut un mouvement léger. De petits doigts, presque de la même couleur que le sable, s'agitaient au sommet d'une butte de terre à peine assez haute pour servir de cachette. Faisant signe aux autres de le suivre, Chase accéléra et s'empressa de rejoindre le talus.

Comme il s'y attendait, c'était Amrit, le plus jeune et le

plus facétieux des deux frères.

— Du calme, petit.

Chase grimaça en découvrant le visage de l'enfant. Il semblait avoir été passé à tabac.

— Qui t'a fait ça ?

Les lèvres d'Amrit frémirent, mais aucun son n'en sortit. Chase décrocha sa gourde et versa délicatement un peu d'eau dans la bouche du garçon.

Brett continua à chercher sur la gauche, tandis que Swede fouillait à droite du monticule. Bientôt, ce dernier poussa un petit cri en se ruant vers un deuxième corps chétif couvert de poussière sur le sol.

— C'est Paprit, lança Swede. Il est mal en point.

Dieu soit loué, ils avaient retrouvé les deux garçons. Chase fut soulagé en entendant son ami. Mais enfin, que s'était-il passé ? Qui leur avait infligé cela ? Apparemment, le bras d'Amrit était cassé, et peut-être quelques côtes aussi. Chase n'était pas sûr pour la cheville. Chaque fois qu'il essayait de la vérifier, Amrit criait. Il espérait que ce ne serait qu'une entorse. Après avoir redonné à boire au garçon, il regarda autour de lui. Son regard se posa alors sur quatre hommes, deux brancards à bout de bras, qui accouraient vers les jeunes blessés. Au moins, la base disposait d'une infirmerie digne de ce nom. Les garçons y recevraient l'aide dont ils avaient besoin.

Étaient-ils arrivés jusqu'ici par leurs propres moyens ? Ou avaient-ils été abandonnés, laissés pour morts dans le désert ?

Il dut attendre quatre heures avant d'avoir l'autorisation de les voir pour les interroger. Par chance, Amrit était réveillé, contrairement à son frère.

—Amrit, que t'est-il arrivé ? lui demanda Chase en

s'asseyant à côté de lui, sur ce lit trop large pour un si petit garçon.

Les yeux d'Amrit s'embuèrent.

— Les soldats sont venus au village, murmura-t-il. Ils ont pris mon père et l'ont battu.

Il se tut un moment avant d'ajouter d'une voix éraillée :

— Ils l'ont tué. Ma mère a essayé de me cacher, mais ils l'ont tuée, elle aussi.

Le cœur de Chase se serra à ce récit. Malheureusement, ce n'était pas rare dans cette région. Quoi qu'ils fassent pour les en empêcher, il restait toujours des ordures prêtes à s'en prendre aux innocents.

— Et pourquoi vous ont-ils laissés en vie, tous les deux ?

Cela n'avait pas beaucoup de sens, étant donné que les soldats avaient tendance à capturer les jeunes pour les enrôler dans leur armée.

— Pour vous apporter un message.

Le garçon garda le silence et Chase patienta. Il savait que le message ne serait pas bon. Les garçons avaient sûrement été pris pour cibles parce qu'ils avaient été aperçus autour du camp. De nombreux habitants du coin avaient noué des relations d'affaires avec la base. C'était une région pauvre, et tout le monde essayait de gagner sa vie du mieux possible. La base offrait de nombreuses opportunités commerciales, entre denrées de première nécessité et artisanat local.

Au bout d'un moment, il demanda à Amrit :

— Alors, quel était ce message ?

— Rentrez chez vous si vous voulez vivre, parce qu'ils arrivent.

Quelles enflures ! Chase se redressa sur le lit et regarda par la fenêtre. Dire qu'ils s'en étaient pris à un enfant, un innocent incapable de se défendre. Il reporta le regard sur le visage bouffi d'Amrit.

— Et tu serais capable de reconnaître les hommes qui ont fait ça ?

Amrit hocha la tête, grimaçant aussitôt à ce mouvement.

— Oui. Celui qui a tiré sur mon père s'appelle Alha Kahib.

Chase retint son souffle, stupéfait. C'était un nom qu'ils connaissaient tous ici. Kahib était le chef du groupe terroriste de la résistance locale. Il sillonnait les villages et recrutait de force de jeunes garçons dans ses rangs. Il les enlevait pour les emmener dans ses camps d'entraînement que personne n'avait encore jamais localisés.

— Et pourquoi est-ce qu'ils ne vous ont pas pris, tous les deux ?

Voilà ce que Chase ne comprenait pas. N'importe qui aurait pu transmettre le message à leur place.

— Parce que, répondit Amrit avec un sourire effronté, je lui ai dit que je n'avais que sept ans.

Il toussa avant d'ajouter :

— Et que mon frère et moi, on était des gringalets, qu'on ne grandissait pas.

Chase comprenait mieux, à présent. Un enfant de dix ans en bonne santé aurait été enlevé en un clin d'œil. Les garçons plus âgés avaient déjà été enlevés lors de raids précédents, et ces derniers temps, les soldats revenaient pour récupérer les plus jeunes. Cela dit, certains étaient encore trop jeunes pour être d'une quelconque utilité dans un contexte militaire. Si le garçon ne devait pas survivre à l'entraînement, il n'y avait aucune raison de le kidnapper. Le groupe de Kahib n'utilisait pas encore les enfants comme kamikazes – du moins, pas à sa connaissance. Dans d'autres parties du monde, c'était devenu monnaie courante, malheureusement. Et tel serait sans doute l'avenir d'Amrit la prochaine fois que les rebelles passeraient par le village, maintenant que le groupe terroriste avait développé sa technologie.

— Vous êtes arrivés jusqu'ici tout seuls ?

— Ils nous ont jetés par terre et nous ont regardés ramper.

Il prit une inspiration tremblante.

— Je ne voulais pas appeler, au cas où ils regarderaient.

Il jeta un œil derrière les épaules de Chase.

— Je n'arrêtais pas de penser qu'ils allaient nous tirer dessus. Que leur histoire de message n'était qu'une blague.

Il eut un frisson involontaire et se pelotonna un peu plus sous le drap.

— J'avais peur qu'on meure là-bas avant d'avoir pu vous rejoindre.

En effet.

— Bon, et y a-t-il autre chose que tu pourrais nous dire sur ces hommes ? Tu as entendu quelque chose d'utile ou vu quelque chose qui puisse nous aider à les retrouver ?

Ces groupes étaient constamment en mouvement, toujours en avance sur l'armée. Ils avaient des cachettes partout dans le pays, avec de vraies forteresses en guise de résidences. Chase rêvait de les raser tous de la carte. Oui, parfois, son côté brut de décoffrage ressortait au grand jour. Voilà pourquoi il ne pourrait jamais faire de la politique. Il aimerait aligner devant lui tous les fumiers de ce monde et les abattre en une seule rafale.

Histoire de faire du monde un endroit meilleur.

Ceux qui avaient infligé un tel traitement à ces deux gamins ne méritaient pas mieux.

Puis il prit conscience que le poing du garçon s'agrippait

au drap comme à une bouée de sauvetage, et Chase se rappela la question qu'il avait posée à Amrit. Il se pencha en avant.

— Tu sais quelque chose ? demanda-t-il d'une voix douce.

— Ils vont me tuer, murmura-t-il. Quand ils nous ont jetés par terre, je les ai entendus parler. Alors, si je te le dis, ils sauront qu'on a survécu et qu'on les a dénoncés.

Chase prit le temps de réfléchir. Le garçon avait raison. Mais s'ils pouvaient éliminer ce groupe de rebelles, dont le chef figurait sur la liste des personnes recherchées par l'armée depuis plusieurs années, cela en valait la peine. Bien sûr, il n'allait pas risquer la vie de ces enfants.

— Je vais en parler avec mon commandant et on verra ce qu'on peut faire.

— Vous ne pouvez rien faire, s'écria le garçon. Je dois rentrer à la maison. Ma mère a besoin de moi.

— Dans le même village où ces gens sont venus et où ils vous ont trouvés ? demanda Chase d'un ton posé. Tu peux être sûr qu'ils reviendront. Si ce n'est pas demain, ou le mois prochain, alors dans quelques mois. Ils font des rondes, tu le sais bien.

Le garçon parut abattu.

— Alors, il n'y a aucun endroit où je peux m'enfuir, c'est ça ?

— Non, sauf si nous éliminons Kahib et son groupe.

Amrit secoua vigoureusement la tête.

— Non. Tu ne comprends pas. Vous ne les aurez pas tous. Quelqu'un finira toujours par savoir ce que j'ai fait. Je ne serai jamais en sécurité.

Chase se cala contre les oreillers et dévisagea ce garçon au regard bien trop mature et triste pour son âge. Malheureusement, Amrit avait raison. Si quelqu'un apprenait qu'il avait aidé l'armée à faire tomber ce groupe terroriste, les survivants traqueraient les enfants comme des chiens.

— Et cette information que tu as, elle est vraiment précieuse ?

Amrit baissa les yeux, mais Chase décida d'insister.

— Amrit ?

Il se pencha vers lui et posa une main sur son épaule, chagriné de constater les ravages de la guerre sur sa stature si frêle. Le gamin avait à peine assez de chair sur les os pour rester en vie.

— Dis-moi.

Les yeux du garçon s'emplirent de larmes.

— Ils parlaient de leur nouvelle forteresse à Asrim. Ils ont parlé de la route et de l'endroit où elle se trouvait. Ils vont s'en servir comme point de départ pour frapper tous les villages à moins d'un jour de voyage.

— Et ont-ils dit où se trouvait la forteresse dans cette ville ?

Pendant un long moment, Chase dut réprimer son impatience avant qu'Amrit ne réponde avec des trémolos dans la voix :

— Oui.

Le tome 10 est disponible dès aujourd'hui !
Pour en savoir plus, visitez le site web de Dale Mayer.
https://geni.us/DMSFRChase

Note de l'auteure

Merci d'avoir lu *Le Vœu de Mason, Légion d'honneur, tome 9* ! Si vous avez apprécié le livre, merci de prendre un moment pour laisser votre avis.

Chers lecteurs,

J'aime avoir de vos nouvelles, alors n'hésitez pas à me contacter sur mon site web : www.dalemayer.com ou sur ma page d'auteure Facebook. Pour être informés des nouvelles parutions et des offres spéciales, inscrivez-vous à ma newsletter ou suivez-moi sur BookBub. Si vous souhaitez rejoindre mon groupe de lecteurs, voici la page d'inscription sur Facebook.
http://geni.us/DaleMayerFBGroup

À bientôt,
Dale Mayer

À propos de l'auteure

Dale Mayer est une auteure de best-sellers au classement de *USA Today*, connue pour ses romances militaires sur les forces spéciales, sa série *Psychic Visions* et sa série *Jolis Jardins Maudits*, dans le genre cozy mystery. Ses romances contemporaines sont vibrantes d'émotion et de passion (série *Broken But… Mending, Hathaway House*). Ses thrillers vous laisseront à bout de souffle (séries *By Death* et *Kate Morgan*) et ses comédies romantiques vous feront rire aux éclats (*It's a Dog's Life*, une novella hors-série, et la série *Broken Protocols* avec Charming Marvin, le chat).

Elle laisse libre cours aux séries qui lui viennent… dont certaines sont carrément folles, enfreignant toutes les règles et croisant différents genres !

En plus de ses romans de fiction, elle écrit également des textes documentaires dans de nombreux domaines, dont la rédaction de CV, le jardinage de loisir et le système de crédit immobilier américain. Elle a récemment publié la série professionnelle *Career Essentials*. Tous ses livres sont disponibles aux formats papier et ebook.

Contactez Dale Mayer en ligne

Site web de Dale – www.dalemayer.com
Twitter – @DaleMayer
Facebook Page – geni.us/DaleMayerFBFanPage
Facebook Group – geni.us/DaleMayerFBGroup
BookBub – geni.us/DaleMayerBookbub
Instagram – geni.us/DaleMayerInstagram
Goodreads – geni.us/DaleMayerGoodreads
Newsletter – geni.us/DaleNews